鍛冶屋ではじめる異世界スローライフ
9
ベストより少しズレた温度で、カレンはそれを火床から取り出すと、金床に置いてから、鎚で叩いていく。
エイゾウ
モノづくりが趣味な、猫好きの元社畜。

アンネ
帝国の第七皇女。
和平会議の後、
エイゾウ達と暮らすことに。
リケ
ドワーフで、
エイゾウの腕に惚れ込んで
押しかけ弟子に。
リディ
エルフの里出身。
魔法に詳しい。
ディアナ
エイムール伯爵家の
ご令嬢。
お転婆で剣術が好き。

[著] たままる
[画] キンタ
Different world slow life begun at the Smith
鍛冶屋ではじめる異世界スローライフ 9

イラスト
キンタ

デザイン
AFTERGLOW

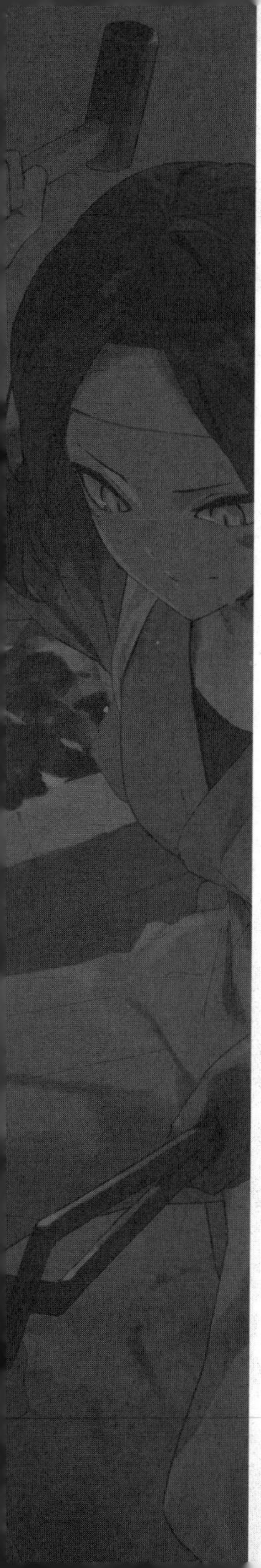

CONTENTS

Different world slow life begun at the Smith

プロローグ　妖精《ようせい》族の長《おさ》

　この世界において、〝黒の森〟とは畏怖《いふ》の対象である。危険な獣が徘徊《はいかい》し、時には魔物も出没するというし、鬱蒼《うっそう》と茂った森の樹々《きぎ》で昼なお暗い。

　迂闊《うかつ》に足を踏み入れれば命を落とすことすらあるその森に、ちょっとした冒険心で立ち入ろうと思う者は少ない。

　しかし、そんな森であってものんびりした生活を営んでいる者がおり、それは〝黒の森〟に古くから住む獣人たちだけではなかった。

　森に住む妖精たちも、この森のイメージからはほど遠い、比較的のんびりした生活を送っている集団である。

　妖精たちは小さな小さな村のようなものを作り、そこで暮らしている。身体《からだ》の維持を森の魔力でまかなっている妖精たちはあくせく働く必要がないし、食事も必要ではない。

　だが、どういう経緯からかは不明だが、妖精たちは被服や道具を用い、人のような生活を送っている。

　〝黒の森〟にあっても日当たりが良い場所にある妖精族の村は、魔法によって隠蔽《いんぺい》されていて、余人が気がつくことは絶対にない。

妖精族の仕事は、森に満ちる魔力の中で澱《よど》みそうなものを綺麗《きれい》に流すことである。

その際、澱んだ魔力に触れることもあるからだろうか、身体の魔力が失われていく奇病にかかる者が妖精たちの中に度々現れた。それは原因不明で致死の病である。

そんな中、妖精族が一筋の光明を見いだしたのが、今、妖精族の長であるジゼルが訪れたエイゾウ工房で生産されるものだ。


「おや、ジゼルさん」

ジゼルがエイゾウ工房にやってくると、鍛冶場《かじば》の中から一人の男が出てきた。目つきは悪いが、ジゼルは彼がその見た目によらず心優しい人間であることを知っている。

「どうも、エイゾウさん」

ジゼルが頭を下げ、それに対してエイゾウがにこやかに、ちょうど休憩に入ったところなのだと応える。

エイゾウは手に持ったカップから水を一口飲んで続けた。

「なにかご用ですか？」

ジゼルはかぶりを振った。

「いえ、特に何かあるわけではないんですが」

ジゼルの言葉は半分は嘘《うそ》である。ジゼルがこのエイゾウ工房を知ったのには理由がある。妖精族がかかる奇病、それのいわば特効薬として、魔力が凝固した物体――魔宝石、とエイゾウたちは呼んでいた——をエイゾウたちが偶然にも作りだしたのだ。

しかし、それは長持ちせずにすぐに崩れてしまう。つまり、妖精たちの村に魔宝石を備蓄しておいて、いざというときに備えることは出来ないのだ。

そのため、エイゾウは崩れない方法を模索していく、と言ってくれた。その時には「その方法が見つかるまで、緊急時には直接対応する」と約束してもくれた。

だが、それでも妖精族の命運を左右する品物である。ジゼルが進捗《しんちょく》をそれとなく確認しにやってくるのも仕方ないと言えた。

「早いとこ魔宝石が常備できるようになれば良いんですけどね」

ジゼルの内心を見透かすように、ドワーフのリケが言った。彼女はエイゾウに弟子入りし、それ以来ずっと彼の作業を見てきている。

どう答えたものかとジゼルが迷っていると、後ろから声をかけられた。

「あれ？　妖精族の長じゃん」

振り返ると、虎の獣人であるサーミャがいた。狩りから戻ってきたところらしく、身体のあちこちに土らしい汚れがついていた。

「おかえり」

エイゾウがサーミャにそう言うと、サーミャは、

「ただいま！」

と勢いよく言った。一緒に狩りに行っていたらしい他の家族も応える。

『ただいま』

ディアナとアンネは〝黒の森〟に馴染《なじ》んではいるが、元は人間族の中では身分が上なのだとジゼルは聞いていた。確か、ディアナが伯爵家令嬢で、アンネが帝国の皇女だと言っていたように記憶している。

それがどの程度のものなのかは、ジゼルはさっぱり分からなかったが。

「ちょうど良いですし、一緒に夕食はどうですか？」

ニッコリと笑ってエルフのリディがジゼルに提案する。そのリディの隣でうんうんと頷《うなず》いているのがヘレンだ。とんでもなく強い傭兵《ようへい》なのだと、いつかエイゾウが言っていたのをジゼルは記憶していた。

「わんわん！」

ピョンピョンと跳ねる狼《おおかみ》のルーシー。「いっしょいっしょ！」と喜んでいるようで、ジゼルは目を細める。

そのルーシーの後ろで、やはり目を細めるようにしているのが走竜のクルルである。彼女もルーシーの可愛《かわい》らしい動きに心が癒やされているようだと、ジゼルは思った。

結局のところ、とジゼルは内心で呟《つぶや》いた。魔宝石の状況を知りたいのも嘘ではないし、この〝黒の森〟でもトップクラスに魔力が集まる場所であるエイゾウ工房のあたりは特に気をつける必要があるので、度々巡回に訪れないといけないことも確かだが、自分がことのほか、この幸せそうな家族と共に一時でも過ごせることを楽しみにしていることも、また事実なのだろう。

そう自覚したジゼルは、微笑《ほほえ》んでエイゾウとその家族に言った。

「ええ、ご迷惑でなければ是非」

1章　夏が終わる

　あれからまた納品の日を越えた。その間に太陽はすっかり勢いを弱めていて、風もその冷たさで次の季節が近いことを知らせてくれている。

　その間、特に何事もなくゆっくりと毎日が過ぎていったわけである。ある意味、望んだ通りのスローライフを満喫していると言えなくもなかった。

　だがしかし、やらねばならないことが山積していることも自覚しており、若干の焦りも感じていた。

　この日はサーミャたち狩りチームの獲物を引き上げてきた午後で、俺とリディは畑に植えていた作物（いくらかの野菜と香草のたぐいだ）の収穫と、次に植えるために耕す作業をしていた。

　この間まで同じ作業をしたら滝のように流れていた汗も、今はそれほどでもない。首にかけていた手ぬぐいで額の汗を拭《ぬぐ》う。ちょうどタイミングよく風も吹いてくれて気持ちがいい。

「夏が終わるなぁ」

「そうですねぇ」

　同じように汗を拭い、樹々《きぎ》を見ながらリディが言った。ここらの樹木は低木はもちろん、高木になるものでも広葉樹が多い。

サーミャ曰《いわ》く、そのほとんどが常緑樹らしい。そのため、木葉鳥《このはちょう》や猪《いのしし》は体色が緑っぽいものが多いわけだが、いくらかは落葉するようで（厳密に言えば常緑樹も少しずつ落葉し、少しずつ新しい葉が生えてくるだけで、全く落葉しないわけではないものが多いのだが）、全体の色が変わりつつある木もちらほらと見受けられる。

湿度が低めのせいかやや涼しくはあるが、ごく普通の気候のわりに常緑樹が多いのは、この森の魔力のせいだろうな……リュイサさんに聞いておけばよかったかな。

「過ごしやすくなるのは助かるよ」

「ふふ、本当にエイゾウさんは暑いのが苦手なんですね」

「そうだなぁ。寒いほうが強いかな」

雪国出身というわけでもないのだが、前の世界の出身地が冬にはそこそこの寒さになる地域だったせいか、寒い方はわりと耐えられるのだ。

雪国の人はガンガンに暖房をかけると聞いたから、寒さに耐えられてしまうのは雪国ではないがそれなりに寒い地域にいたからこそかも知れないが。

「エイゾウさんがここに来たのは最近なんでしたっけ？」

「随分経《た》ったようにも思うけど、まだ一年経ってない。ここの寒さはサーミャから聞いてるだけでよく知らないんだよな」

「この〝黒の森〟はわかりませんが、あの森のあたりはけっこう寒かったですよ」

「うーん、防寒も一応準備すべきか」

ここいらで防寒っていうとなんだろう。猪や熊の毛皮だろうか。マタギと聞いて思い浮かべるような姿の自分を想像して、俺は苦笑した。

そう言えばみんな革製らしいコートを持ってたな。旅装の一部なんだろうけど、風雨を遮断するのなら防寒にも役立ちそうである。

いや待て、寒いと言えば一番大事なものがあるじゃないか。

「そろそろ温泉の準備を始めるか……」

やらねばならないことの一つ、温泉である。俺も大いに期待していたし、場所はジゼルさんの地図で詳細に分かっているので後は作業にかかるだけなのだが、湯殿やその他諸々《もろもろ》を考えるとちょっと億劫《おっくう》で手が出ていなかったのだ。

「いいですね。井戸掘りも楽しかったですよ」

「そう言ってもらえると助かる」

俺は苦笑交じりの微笑《ほほえ》みを返す。「本当ですよ」とむくれるリディをなだめながら、この日の畑仕事を終えた。

「ということで、そろそろ温泉にかかります」

「よっ、待ってました」

囃《はや》し立てたのはヘレンだ。夏の間、井戸の水での水浴びを毎日する生活が気に入ったのかも知れない。傭兵だから汗の流れるままに放置しているのに慣れていると言っても、その状態を好んでいるわけではないだろうしなぁ。

「基本的な作業は井戸の時とほぼ同じだけど、溜《た》めた湯の周りに身体《からだ》を洗うスペースと、目隠し、それに服を脱ぎ着する建物を作ります」

「それとそこへの渡り廊下？」

「そうだな」

ディアナが言って、俺は頷いた。雨の日には小走りに湯殿へ向かうというのも風流かも知れんが、ちょっとなぁ。

「わん！」

俺の返事に合わせるようにルーシーが吠《ほ》えて、場が笑い声に包まれる。見るとそろそろ子狼《おおかみ》と呼べなくなってきそうな狼が胸を張っていた。

「お前も急に大きくなってきたなぁ」

「わんわん！」

撫《な》でてやると、彼女はパタパタと尻尾《しっぽ》を振る。食べる量は増えたが、身体の大きさに見合ってない気がするのは、彼女が魔物になっているからで、おそらくは実体としての身体を成長させる分だけを食っているのだろう。

「小屋の拡充か、ルーシー専用の小屋も考えないといけないかも知れませんね」

リケが俺たちの様子を眺めながら言った。俺は少し眉根《まゆね》を寄せて言う。

「やることが盛り沢山だな」

「飽きないからいいんじゃねぇの。アタシは色々やるの好きだぜ」

最後に残った肉を口に運びながらサーミャが言い、確かにと家族のみんなが頷いてこの日は終わりになった。

さて、明日からまた頑張るとしますか。

◇◇◇

翌朝、神棚に今日の作業の無事を家族全員で祈って外へ出ると、昨日のように太陽が燦々《さんさん》と照りつけていた。だが、夏の盛りのように、切りつけてくるような陽射《ひざ》しではない。

さりとて冬のようなほの暖かさ、とは言えないくらいの熱量がある。風が渡れば過ごしやすそうだ。

地図を見れば目と鼻の先ではあるが、クルルに道具や昼飯などの荷物を持ってもらい（彼女自身はご機嫌だ）、ほんの一〇〇メートルくらいを移動する。

「これって、この辺だよな？」

俺は地図と実際の土地を交互に指差しながら言った。見た目には他の場所と変わりない、多少草の茂っている普通の地面に見えるのだが、文字通りジゼルさん渾身《こんしん》の地図が示しているのはここのようである。

「アタシにもそう見えるな」

「私もですね」

元々この森に住んでいたサーミャと、ここではないが森の住人であるリディが同意した。二人がこの地図を見て言うなら間違いあるまい。

多少開けたそこへクルルに積んだ荷物を降ろす。クルルはディアナに鼻をこすりつけて少し残念そうにしていたが、なに、今日はこれからが本番だ。掘り出した土の運搬という大事な作業が待っているからな。終わったら思う存分褒めてあげるつもりだけど。

兎《と》にも角にもまず温泉を出さないことには他の建造物の位置を決めるのも難しい。先に脱衣所を建ててから、温泉はその真下で湧きましたとかなったら、目も当てられない事態になるのは炉の火を見るより明らかだ。

「ぴったりここ、ってわけでもないだろうから、多少面倒かも知れんが広めに掘るか」

「そうねぇ。変に見定めて外すよりは良いんじゃない?」

地図と現場を見比べながら、アンネが言った。ディアナとヘレンも頷いており、分かっているのかいないのか、ルーシーも「わん」と吠えている。

「ようし、じゃあこのあたりを掘っていくか」

俺がそう宣言すると、みんなから了解の声が返ってきた。めいめい手に道具を持つ。

俺とリケ、ヘレンとアンネの〝力持ち〟組が掘削担当で、サーミャ、ディアナ、リディとクルルは出た土を運んだり、土留めの板を運んできたりといった作業になる。ルーシーは癒やし係かな……。

最初のひと掘りは俺の担当ということらしいので、俺は家族の見守る中、ショベルを地面に突き立てる。チートでその性能を強化されたショベルは〝黒の森〟の硬い土に突き刺さり、最初の一盛りをその大地から取り除いた。

小鳥がさえずる森の中に拍手の音が響く。こうして、それなりに長い時間がかかるだろう温泉掘りの作業が始まった。

最初は四人で黙々と地面を掘り下げていく。いずれリケが出られないくらいに掘ったら、土留めと坂道の整備をしなければならないだろう。露天掘りなので空気は大丈夫……だと思う。井戸のときもなんとかなったし。

ルーシーが「ほりほり」をしてくれたり、土を運んではディアナに褒められてクルルが機嫌を取り戻したりと、和んだ空気の中で作業は進んでいった。

「温泉のお湯って水を張って稲を育てるのには使えないのかな……」

昼休憩にしよう、と敷物の上でリディが用意してくれたハーブ茶を飲み、昼飯の簡単猪肉サンドを頬張りながら、俺は言った。

水田を作る上でもちろん土の養分だの透水性だのといった要素は重要であるが、最も重要なのはどの時代でも水利だ。なんせリュイサさんおすすめの泉源である。無限に……とはいかないだろうが、少なくとも俺が生きている間に涸《か》れることはあるまい。

もちろん、そのまま流せるような水温（湯温？）ではないのだろうが、無尽蔵に使える水源があるなら、溜め池のように溜めて冷ましてから導入する方式で行けるかもと考えたのだ。

小さなおとがいに手を当てて、サーミャに茶を注《つ》いであげていたリディが言った。

「うーん、温泉の効き目って植物にいいんですかねぇ」

「ああ、そうか」

温泉にはそれぞれに異なってはいるが泉質というものがある。溶け込んでいる成分によって効能が違ってくるわけだが、例えば塩化ナトリウムが溶け込んだ食塩泉だったら植物を育てるどころか「カルタゴ滅ぶべし」になりかねない。

「その辺は湧いてから、ちょっとずつ試すしかないか」

「そうですね」

リディは頷《うなず》いた。そう言えばｐＨを測るものも用意しないといけないかもだな。

俺はまだ湧いていない温泉の皮算用と一緒に、頬張った猪肉サンドを飲み込むのだった。

◇　◇　◇

それから数日が過ぎた昼下がり。井戸を掘ったときのように板壁に囲まれたかなり深い穴が出来上がっていた。一箇所だけはスロープにしてあり、穴の底へ降りられるようになっている。

ドンドンと源泉に近づいている……はずなのだが、水も出ないとなると、

「ここで合ってるのかな……」

ポツリとアンネが呟《つぶや》いた。まぁ、こういう不安も出てくるよな。俺もそう思う。

「地図だとどう考えてもここなんですよね」

リケが板壁に貼られた地図を見る。汚損や紛失を避けるため、家と温泉の辺りだけを新しく複製

したものであるが、どういう判定によるものなのか、恐らくは生産のチートのおかげでかなり精確に写し取れている品である。

「まさか、とんでもなく深く掘らなきゃいけないとかかな」

ショベルに山盛りになった土を後ろに放り投げて、ヘレンが俺に尋ねる。

「とんでもなくって、どれくらいなんだ？」

「山ができるくらい」

俺がそう返すと、ヘレンは「うへぇ」と舌を出した。

前の世界、東京あたりでは一〇〇〇か一五〇〇メートルも掘れば大概のところで温泉が湧く……のだそうだ。真偽の程はもう確かめようがないが。

ともかく、ここの温泉がそれと同じだとしたら、一〇〇〇メートルは掘り下げないといけないことになる。

ボーリングならともかく、露天掘りでそれをすると、つまりは一〇〇〇メートル積み上がるだけの残土が出るわけで、そんな標高にはならないとは言え、山一つを人力のみ（竜力と狼力もあるが）で作り出すという話になってくる。それは無茶だな。

ジゼルさん経由ででも、リュイサさんに詳しい位置を再確認するべきだろうか。いや、そもそも二人に連絡を取る方法が分からんな。気忙《きぜわ》しくないのがこっちの良いところではあるが、緊急時にカミロやマリウス、ジゼルさん、リュイサさんには連絡を取る手段が何か欲しいところだな……。

「まぁ、今日明日でもう少し掘ってみよう。ダメだったら一旦《いったん》中止して場所の確認からになるけど」

俺がそう言うと、三人から了解の声が返ってくる。あまり元気がない感じなのは致し方ないだろう。

ザクザクと更に掘り続けて翌日。深さ的には結構なところまで来た。井戸よりも深くなってきている。今のところ息が苦しいとかそういったこともないが、そろそろ気をつけないといけないかも知れない。

それよりも、まだ進展が見えてこない。延々と土を掘り、それがクルルたちによって運び出されていく。

あの土も埋め戻しをした残りをどうするか考えないといかんな。

そう考えたのは半分は現実逃避のためだったが、

「おっ」

土を放り投げ、次の土を掘り出そうとしていたヘレンがそう声を上げた。

「どうした？」

「見てくれよ」

土を掘っていた三人がヘレンのところに集まる。ヘレンはショベルでかき分けるように土を除《の》けた。

そこには石……大きさから言えばこれは岩だろうか。いや、ヘレンが掘っていたここだけ少し作業が進んでいた。ということは。

ヘレン以外の三人はバッと散って土を掘る。さっきまでの緩慢な動きではない。ルーシーが「ほりほり」をするかのような勢いだ。

すぐに俺のショベルにもガツッと硬いものが当たる感触が伝わってきた。顔を上げると、リケもアンネも同じように顔を上げている。

「そっちもか?」

俺が言うと、二人は頷いた。石ならかなり出てきたし、岩と言っていいんじゃなかろうかと思う大きさのものもあった（そしてクルルが喜び勇んで運び去った）のだが、流石《さすが》にこの穴の底と言って良いような大きさのものはない。

つまりこれはおそらく——。

「岩盤だ。ここを突き抜ければ多分出るんだろう」

俺がそう言うと、三人からワッと歓声が上がる。なんだなんだと寄ってきたサーミャやディアナ、リディ、そしてクルルとルーシーにも「もう少しで到達できそうだ」と伝えると、彼女たちも喜んだ。

さて、となると差し当たっては、

「岩盤を砕くものが必要だな」

俺がそう言うと、一瞬シン、と静まり返る。

「作るぞ」

その言葉に、リケが一番だが家族みんな再びワッと歓声を上げるのだった。

「さてさて、どういう方式にしようかな」

翌朝、神棚に手を合わせてから炉と火床に火を入れたあと、俺は接客スペースの方で腕を組んだ。他のみんなはとりあえず納品物を作っていくらしい。十分な数は一週間かそこらで安定して作れるようになったのだが、「空いてる時間で余分を作っておけば不慮の事態でも納品できるから」と言っていた。

狩りには出ないのかと聞いてみると、「肉が十分あるから」とのお答えであった。うちはかなり消費が多い方ではあると思うのだが、アシーナの店以外にもどっかに卸すとかでもなけりゃどんどん余っていくよなぁ。余計な殺生をすることもあるまい。

とりあえず、岩盤を砕く道具だ。素直に考えればツルハシになるだろう。岩盤の厚さがどれくらいかにもよるが、それで少しずつ掘り砕いていくのがテッパンだとは思う。

あとは楔《くさび》と鎚《つち》か。楔を鎚で打ち込んでいき、割って除去するのである。

これらの手法の問題点は圧がかかっているであろう帯水層から湯が噴き出したときに避《よ》けにくいことである。

水温がどれくらいかにもよるが、八〇度の熱水を浴びせられたら大変なことになるのはどの世界でもあまり変わらないだろう。金属の鱗《うろこ》を標準で持っている世界なんかだと分からんが。

リュイサさんの様子からして、恐らくは直接かかっても大事故には繋《つな》がらないくらいの温度なのだとは思う。あの人の〝目的〟から言って、俺が死んでしまう事故に繋がるのであれば警告してくるだろうし。

ただまぁ、色々とスケールが俺たちとは違う人でもある。「忘れてたテヘペロ」の可能性も考えれば、用心はしておいても良かろう。

となるとだ、前の世界の知恵をちょっと借りるか……。

「ちょっと使うぞ」

「どうぞどうぞ。親方の作業より優先するものはないですから」

長剣をこしらえるため、火床を使っていたリケに声をかけると、彼女はにっこり笑ってそう言った。

個人的にはリケたちの作業のほうが生計に繋がるのだから重要なのではと思うのだが、ここはお言葉に甘えることにした。

板金を三枚まとめて積み上げ、火床に入れる。赤い火がその表面を染めるように包み込み、鋼も赤く染まっていく。

温度が十分に上がったら、取り出して叩《たた》いて一つの塊にしていく。ここではまとめるのが目的なのでまだ魔力は込めない。大変になるし。

出来上がった塊を再び加熱したら円筒形に整えていく。普段よりも鋼の量が多い分だろうか、叩いたときの音が若干低いような気がする。

かなり大きく、重い鋼の円筒ができた。前の世界でSWATがドアをぶち破るのに使うバッテリンググラムの持ち手を取り払ったような感じだ。これに持ち手をつければ実際その用途で使えるだろう。

だがもちろん、今回はその用途で作ったわけではない。円筒の片方を、チートを使って魔力を込めつつ、扁平《へんぺい》にしていく。大きさが大きさだけに時間はかかったが、マイナスドライバーの先端のような形状ができた。

家の建て増しや渡り廊下を作ったときに出た端材をまとめているところから、少し大きめの物を選んで外に運び出す。岩盤を砕こうとしているものを家で試して床を壊すのはちょっと避けたいからな……。

昼飯は食ったので、それよりは時間がかかった自覚はあったが、端材を置いて空を見上げるともう少しで日が暮れそうな頃おいである。

秋に差し掛かって日が暮れるのが早くなっているだろうことを考えても、思ったより時間がかかってるな。それなりの大きさだったから仕方ないが。

ともかく、今は実験だ。俺は鍛冶場《かじば》へと戻る。

「よいしょ」

かなりの重さの〝岩砕き〟を抱えて、再び外に出るとクルルとルーシーが置いた端材のところでちょこんと待っていた。

「よしよし、危ないからちょっと離れててな」

俺の予想では大丈夫だと思うのだが、万が一ということもある。離れておいてもらったほうが良かろう。

二人の頭を撫《な》でると、素直に少し距離を置いた。いい子だ。

その頃には「またエイゾウがなにかやるらしい」と家族全員手を止めて出てきていた。まだ実験のような段階なのだが、このところ土掘りと鍛冶仕事しかしてないのだし、気晴らしになるならいいか。

「よし、それじゃやるか。よいせ」

再び重い〝岩砕き〟を持ち上げ、扁平な側を下にして手を放すと、落下していった〝岩砕き〟はズドンと音をさせて着地する。

そう、着地である。間にあるはずの端材はまるで最初からそうであったかのように、真っ二つに断ち切られている。

〝岩砕き〟の先端は大きな音に比例するかのようにその先端を土に埋めている。実験としては成功……だろう。あとは明日、実地で試せばいいか。

「成功したのか？」

地面に突き立つ〝岩砕き〟を指差して、サーミャが言った。俺は頷く。

「そうだな。これで比較的安全にあの岩を砕けると思うよ」

「おー」

「流石ですね！」

感心の声を上げたサーミャ。それをかき消すような大きなリケの声が、夕暮れ迫る〝黒の森〟に響き渡った。

「当たり前だけど、あんなゴツいのも作れるのねぇ」

上品な仕草で鹿肉を嚥下《えんか》したアンネが言った。

「そりゃあ、ナイフや剣なんかよりも、ずっと単純だからなぁ。デカいぶんは大変だけど、デカさで言ったらアンネの両手剣の方がずっとデカかったんだし」

「それはそっか」

うんうん、と腕を組んでアンネは頷《うなず》く。時折若干の〝はしたなさ〟みたいなものが垣間《かいま》見《み》えるのは、周りに影響されているのか、それとも元々こんな感じだったのか。

食事の時は大抵静かに話を聞いているリディが珍しく話に入ってくる。

「実用一辺倒、と言うんでしょうか。かなり荒々しいですよね」

「使うとして今回こっきりの予定だし、鎚目も消してないからなぁ……」

「自然な感じが良いと思います」

リディが頷きながら言う。ああ、なるほど。そこが気になってたのか。本人は意識しているのかどうか知らないが、リケが斧《おの》を持ったときとは違う、「らしさ」を感じてしまう。

こっちは斧を持った時の「らしさ」がものすごいリケが続く。

「今回こっきりってことは、他には使わないんですか？」

「他の使いみちもないしな。持ち手をつけて破城鎚《はじようつい》にはできるだろうけど、うちじゃ出番がなさそうだし」

「それはそうですねぇ」

あれで実際に試したら、もしかしたら都の城門でも粉砕できるかも知れない。粉砕というか切断というかだが。

まぁ、そんなことをすればお縄につくのは間違いないので知ろうとは思わないが。

あるいは家の庭に突き立てておいて、意味ありげなふうを装うのもいいかも知れない。「ここから入るな」とか「罠《わな》の存在を示している」とか思わせておいて、実際には何もないというやつだ。

そう言えば、前の世界ではインドに錆《さ》びないとか言われてる鉄柱があったな。ナイフや剣はいざという時に使えないと困るので手入れを続けているが、魔力をまとった鋼がどれくらい錆びないのか試すのに、野ざらしにするのはありかも知れない。

もちろん、折角作ったものを野ざらしにするというのは、かなり気が引けるが。

「下手したら、この家にあるものであれが一番危ないものかもね」

破城鎚と聞いて一瞬目を輝かせたアンネが言った。

「重いけど一人でも持ち運べて、もしかしたら鋼の扉でも一発で開けてしまうわけでしょう?」

「そうだな」

「そりゃ危ないな」

アンネの言葉に俺が頷くと、ヘレンが苦笑しながら引き取った。

「そんなのがあったら助かったのに、って思い当たる場面が一つや二つじゃないぜ」

攻城戦は滅多にないのだろうが、砦攻《とりで》めくらいならかなり経験がありそうなヘレンが言うと説得力がある。

「本気で作ったやつだし、外に出すつもりはないよ。かなり重いから盗もうにも難儀するだろうしな」

一部の例外を除いて、本気で作ったものをおいそれと外に出すつもりはない。それがただの棒切れのようなものでもだ。……例外が割とあるのではと言われると肩身が狭いのも事実なのだが。

話の最中、ディアナに上品なスープの飲み方を教わっていた（なかなかに厳しいのでアンネ以外は口出しできない）サーミャが、最後の一口を飲み込んで言った。

「そういや、あれってどう使うんだ？」

「ん？　あれはな……」

翌日、俺たちは穴の上にいた。傍らにはクルルがここまで頑張って持ってきた細長い丸太がある。丸太は前の世界で言うところの足場丸太のようなものである。使い道も近いのだが。

穴の上に丸太で簡素な櫓《やぐら》を組む。三角錐《さんかくすい》の底辺以外の辺が丸太になっているような形だ。焚き火《たび》で使うトライポッドと同じ形状と言ってもいいかも知れない。

縄でくくった頂点部分には、井戸から外した滑車が取り付けてある。涼しくなってきたし、ここにいる間は井戸には行かないので大丈夫だろうと判断してのことだ。

その滑車には別の縄が通してある。穴の底に落ちた縄の端に昨日作った〝岩砕き〟をくくりつけた。

あとは落ちる箇所が一定になるように、足場丸太でガイドをつけた。摩擦で落下速度が多少下がるだろうが、そこはチートで作った俺の製品である。カバーできる威力はあるだろうと信じている。

……あるよね？

穴を狭めなかったのは、いくらか砕いても湧くなり噴出するなりしない場合に、岩盤の中でも特に分厚いところと判断して位置をずらす予定だからである。

本当は落とす〝岩砕き〟も、もっと複雑な形状をしていた記憶はあるのだが、特殊すぎてよく覚えてないんだよな。キッチリ用を果たしてくれると良いのだが。

「上でこれを引っ張り上げて、手を放せば高いところからあれが落ちて岩を砕いてくれるって寸法だ」

「言われてもピンとこなかったけど、こうやって見ると分かるな」

サーミャはほほうと感心した顔で言った。耳がピコピコ動いているのでテンションも上がっているらしい。

「よーし、それじゃあ始めるか」

俺が言うと、クルルがひときわ大きな声をあげて、森の中に家族の笑い声が響いていくのだった。


〝岩砕き〟にくくりつけた縄の端をクルルが咥《くわ》える。時折は俺たちも手伝うことになるとは思うが、これが温泉への次のステップを踏み出す第一歩になる。

「クルルルルル」

クルルは軽快な足取りで縄を引いていく。多少進行方向がよれたとしても吊《つ》り下《さ》げた滑車がそれに合わせて動くので問題ないのだが、クルルは綺麗《きれい》にまっすぐ縄を引く。

元の地面よりも少し上くらいまで〝岩砕き〟が上昇してきたところで、クルルに声をかける。

「クルルー、放していいぞー」

「クルルル」

クルルがパッと咥えた綱を放すと、〝岩砕き〟は重力に引かれて（だと思うのだが、物が落ちるのがこの世界でも重力によるものなのかはインストールになかった）落下していき、岩盤にぶち当たる。

岩盤に当たった〝岩砕き〟は土の地面と違ってぶっ刺さってそのまま、というようなことはなく、弾《はじ》かれるように軽く跳ねて、再び着地した。

俺は坂を降りて穴の底へ向かった。温泉が出る、とわかるとなんとなく暑くなってきているように感じる自分の身体の現金さに思わず苦笑が漏れる。

穴の底につくと、岩盤の上には〝岩砕き〟が立っている。突き刺さっているわけではなく、ガイドに支えられているだけだ。

俺はゆっくりと〝岩砕き〟に近づいていく。あの一撃でいきなり温泉が噴出するということはないと思うのだが、用心はしてもよかろう。

用心しいしいマイナスドライバーの先のようになっている先端部分を見てみると、僅《わず》かだが岩盤にめり込んでいる。周りに細かい砂や小石があるから、おそらく、これはその分削れたのだろう、と思う。

とりあえず、どれくらいやらなければいけないかはともかく、これで用を果たせるようだ。俺は上に向かって叫んだ。

「いけそうだ！」

穴を覗《のぞ》き込んでいた家族たちからワッと歓声が上がる。やがて、俺の目の前でスルスルと〝岩砕き〟が上昇していくのを見て、穴の底から立ち去った。

岩盤掘りは順調……なのだろうか。初めての経験すぎてよくわからないが、時折クルルを休ませ、家族みんなで（微力ながらルーシーも加わって）〝岩砕き〟を引っ張りあげたりしながら、延々と〝岩砕き〟を岩盤にぶち当てていく。

前の世界だと圧縮空気を利用した機械もあるのだが、俺の送風の魔法では「圧縮」と言えるようなものではない。それはリディでも同じだ。

ちなみにリディに聞いてみたところによれば、彼女が起こせる最大風速は「風に向かって歩けない程度を短時間」だそうである。小枝くらいは折れるらしいので、結構なもんだと思う。

それはさておき、そもそも圧縮空気を使った機械となると、当然文明的にはかなり先のものだし作るわけにはいかんので、地道に作業を繰り返すよりない。

地面に立てて順繰りにハンマーで叩《たた》く方式もありかも知れないが、その場合はやはり噴出した湯を被《かぶ》ることになりそうだからなぁ……。

何度か作業を繰り返し、〝岩砕き〟が半分ほどその身を岩盤に沈めた頃おいで昼の休憩を取ることにした。

もぐもぐと角煮サンドを頬張りながら、リケが言う。

「親方が作った、あのレベルのものでも時間がかかるんですねぇ」

まぁ相手岩盤だからな……そう思っていると、ディアナがリケに返した。

「エイゾウのものだから、こんなに早いと言えるのかも知れないわね」

「それは確かに」

頷くリケ。機械でなく手作業で、それも一回あたりに時間をかけている割には早いと言っても良いのだろう。多分。合間合間に出た岩のかけらなんかを取り除いたりもしてるし。

前の世界でもう少し土木作業について詳しく知っていれば、更に作業が早く済んだのかも知れないが、いかんせん素人知識の付け焼き刃である。どうにもチートも働いてくれないし、ここはコツコツと作業しろということなんだろう。

午後も頑張るべや、となったところで、ヘレンが既に三つめの角煮サンドを平らげて、リケに言った。

「そう言えば、リケは決まったのか？　あれ」

「あれって？」

「エイゾウと二人で何してもいいとかいうやつ」

ああ、そう言えばバタバタしていて棚上げになってたな。しかし、何してもいいとか言った記憶はないんだが……。

「あー、あれね。候補は絞り込んできたけど、まだ」

「ふーん」

「ヘレンが決まってるなら先でもいいわよ」

「ううん。順番は守るよ」

俺としてもどっちが先でも同じ話ではあるので、譲り合ってくれても「私は一向に構わん」なのだが、ヘレンも律儀なところあるからな。

「焦らずに決まったら教えてくれ。知っての通り辺鄙《へんぴ》な森の鍛冶屋《かじや》だから時間はある」

俺がそう言うと、リケは、

「はいっ」

と返事をしてくれた。岩を削るのと一緒で、家族のことも一歩一歩でいいから進めていこう。午後の作業を始めるべく大きく伸びをしながら、俺はそんなことを思った。

前の世界には雨垂れ石を穿《うが》つ、という言葉があったな。現象として起こりうる以上、こっちにも似たような言葉はあるんだろうか。

今岩盤に落ちているのは雨垂れどころか、鋼の刃《やいば》なのだが。

〝岩砕き〟は途中まではガイドに沿って落ち、途中からは自ら穿った穴へとその身を落としていく。全長はそう長くないが、まだ姿を穴に隠すほどではなかった。

しばらくその様子を見たら、サーミャとヘレンが穴の底へ降りていく。穴の中に溜まった岩（だったもの）を掻《か》き出すためである。

前の世界だと圧縮空気で先端を動かしたあと、その空気で外へ排出する機構になっていたりするらしいが、この現場で使っているのはご覧の通りのものである。そんな洒落《しゃれ》たことはできていない。

「気をつけろよ！」

「分かってるよー」

俺が声をかけると、サーミャは気楽そうに手を振って返した。彼女たちはそっと〝岩砕き〟のところまで近寄ると、ショベルでササッと掻き出す。

この作業は何回繰り返していてもハラハラする。〝その時〟は確実に迫っているのだし、何かの拍子でドカーン、ということもあるかも知れないのだ。

作業の担当がサーミャとヘレンなのは「足が速いから」だ。そのドカーンのときにちょっとでも足が速いほうが良いだろう、ということなのだが、実際に起きたら多少足の速さに違いがあってもな、というのもそれはそれとしてある。

天に祈るような——この場合は素直にリュイサさんに祈るべきだろうか——気持ちで作業を眺めていると、無事に終えた二人がゆっくりと戻ってくる。

そんなことを繰り返していると、〝岩砕き〟の姿がかなり見えなくなり、それに合わせるかのように太陽もその姿を隠しはじめたので、作業を終えることにした。

これで明日頑張ってダメなら、別の場所を試すことになる。そうならんようになって欲しいところだが、それは神ならぬ〝大地の竜〟のみぞ知る、といったところだろう。

「ひゃー、結構汚れるもんだな」

「そりゃあ、サーミャならそうなるだろ。って、アタイも結構ついてるな」

「あはは、背中のほう叩《はた》こうか？」

「頼む」

後片付けの最中、サーミャとヘレンがパタパタと身体を叩くと土埃《つちぼこり》が舞う。こういうときこそ温泉の出番なのだろうが、その作業での出来事であることに俺は妙なおかしみを覚える。

「こういうときに湯で身体を流せるように、ってのが温泉のいいとこの一つだからなぁ。多分もう少しだろうから頑張ろうや」

湯殿の建造を含めてやることは山積しているが、湧いた湯を溜《た》められて、目隠しが出来て、排水に問題がなければ使用開始できるのだ。

湯船さえ出来てしまえば、湯殿は建築中でも仕事上がりにひとっ風呂《ぷろ》と洒落込むこともできるはずである。

しかし排水か。湧いた湯はかけ流しになると思う。となれば湯船に溜まりきった湯は森に垂れ流し、ということになる。家とここはそれなりに離れているので、凝ったものにしなくてもいいとは思うが多少は考えておくか。温かい川が新しく生まれる可能性もあるわけで。

それまでにリュイサさんに確認しておきたいところなのだが……。やはり連絡手段の確立が急務だな……。

◇◇◇

翌日、今日は出るといいなと思いながら、穴へ向かう。今日でダメだったら場所を変えるわけだが、その前に納品やらの通常業務をこなす必要がある。一旦《いったん》お預け、ということだ。

穴に到着した俺は、そうならないよう〝大地の竜〟に内心お願いしながら、今日の作業の準備をはじめた。

「クルルルルル」

クルルが縄を引っ張り、放す。何十度目になるかわからない作業だが、クルルが飽きていないっぽいことは救いだな。もちろんそれは、

「わんわん！」

お姉ちゃん頑張れ！　とでも言うように、縄を引っ張るクルルの周りを駆けまわるルーシーの存在もかなり大きいだろう。娘たちが喜んでくれるのなら、時折、俺の肩のＨＰが減ることくらいはなんでもない。

ルーシーは俺たちが引っ張るときも同じようにして応援をしてくれる。多分、本人（本狼）も加わりたいのだろうが、それを控えているように見えて、一旦区切りがついたら思い切り甘やかしてやるか、などとディアナと話をしたりした。アンネが若干呆《あき》れ顔《がお》だったのは見なかったことにしよう。

作業を繰り返して昼を挟み、いよいよこれは変える場所の見当をつける必要がありそうだな、と思い始めたころ。

「クルッ」

パッとクルルが咥えていた縄を放す。スッと落ちていく〝岩砕き〟は自ら穿った穴に呑《の》み込まれて姿を消し、すぐに鈍い音だけを響かせる。

何度も何度も見てきた光景。代わり映えがしなすぎて、何事も起きていないかのようにすら感じる。

その時、今まで耳にしなかった「ピシッ」という音が響いた。

「お、おい、今の……」

「聞こえましたね」

俺が言うと、少しだけ耳を動かしてリディが後を引き取る。他の家族も頷《うなず》いた。何か変化が……。

そう思う間もなく、変化は訪れた。

ドウドウと音を立てて、穴から湯が溢《あふ》れ出して来たのだ。何メートルにもにはならないが、確かに噴出している。

その光景を見て、俺たちは一斉に快哉《かいさい》を叫び、互いに身体を抱きしめ合うのだった。


とりあえず、喜んでばかりもいられない。クルルとサーミャ、そしてヘレンとアンネに〝岩砕き〟の回収を指示して、木の板と杭《くい》、鎚《つち》を手に穴の底へ向かう。

湯が噴出はしたが、どうやら〝岩砕き〟が噴き出すところをせき止めていて圧力が増し、派手に噴出したようで、クルルたちが引っ張って〝岩砕き〟が完全に抜けた今はそこまで派手に噴出もせず、滾々《こんこん》と湧き出す泉のよう（いや、温〝泉〟なのだから泉なのだが）に、湧いてきている。

穴の底にはわずかばかり湯が溜まっていた。一瞬手を浸《つ》けてみるが、熱さは感じない。では、とゆっくり触ってみたが、やはり熱いというよりは温かい。心地よい温かさで、この温度ならそのまま浸かれそうだ。湧出口から離れているから、かなり温度が下がっているのだろうか。

もし、元々の湯温が低いのだとしたら、入浴には湯沸かしが必要かも知れないなぁ。まぁ別に源泉一〇〇パーセントかけ流しにこだわっているわけではないので、いいっちゃいいのだが。

靴を脱いで入っても大丈夫そうではあるのだが、足の裏をケガするのは避けたい。少し逡巡《しゅんじゅん》しているると、パチャリと音がした。

見るとルーシーがいち早く入って、まだ水位の低い穴の底を走り回っている。たぶん本人的には湖に行っている時と同じような感覚なのだろう。……今ゴロゴロをしてディアナが慌てて駆け寄っているし。いや、もう間に合わんと思うのだが。

それはともかく、二人の様子を見れば一目瞭然《いちもくりょうぜん》なのだが、大丈夫そうなので俺も靴のまま穴の底に入る。今日は別にここで湯に浸かろうというわけでもないし。

ジワリ、と温かい湯が靴の中に入ってくる。ちょうど心地よいくらいなのだが、とすればやはり源泉はここより少し温度が高いくらいだろうか。

ひとまずその確認をするため、俺は湧出口に近づく。

少しずつ少しずつ近寄るのだが、慣れてしまっているのか靴の加減か、熱さが一向に足を襲ってこない。手を浸しても温かいままである。

ままよ、と一気に近寄り、もうほぼ湧出口のところまで来たが、勢いはともかく温度の方は大したことがない。

何かの成分で保温効果が高いとかだろうか。パシャパシャとルーシーとリケ、ディアナとリディも近づいてきた。

「普通、こういうのって湧いてるところが一番温度が高いと思うんだが」

「そうですね」

リケが頷いた。彼女の地元の温泉でもそうだったのだろう。とすると概《おおむ》ね俺の認識はここでも通用する……はずなのだが。

「でも、普通に温かいわよ？」

「わん！」

キョトンとした顔のディアナに、胸を張って一声吠《ほ》えるルーシー。

「うーん、向こうとあんまり温度が変わらない気がするんだよな」

鍛冶のチートが使えれば概ねどれくらいの温度か、少なくとも相対的な温度はわかるのだが、残念ながらここで鍛冶のチートが働くことはないだろう。

リディはというと、俺の言葉を聞いて足下から湯をひと掬《すく》いしてまじまじと見始める。

「これは……やっぱり……」

「なんか分かったのか？」

「ええ」

リディは強く頷く。目は真剣だ。

「やはり〝黒の森〟と言うべきでしょうか。それともあの方が教えたところだからかも知れませんが」

俺は思わずごくりと生唾《なまつば》を飲み込んだ。何かとんでもない状態なのだろうか、この湯は。もし不老不死になれるとかだったら、葉っぱと踵《かかと》には気を付けないといけなくなる。

リディはそっと言葉を続ける。

「この湯の魔力濃度は桁違《けたちが》いに高いです」

「魔力が……？」

「ええ」

リディは頷いた。掬った湯が手のひらから少しずつ零《こぼ》れ落ちる。キラキラと輝いているが、これは陽光を映して煌《きら》めいているだけではなく、魔力を含んでいるからなのか。

「魔宝石ほどではないですが、かなりの濃度ですね」

「魔力泉、とでも言えばいいのか」

「他に何が入ってるかは分かりませんが、一番含まれているものという意味ならそうなりますね」

「なるほどなぁ」

俺は顎《あご》に手を当てた。魔宝石ほどではないということは、妖精《ようせい》族の病気の治療には直接は使えない、ということだ。だが治療後の湯治には十分そうには思える。今度ジゼルさんが来たら話してみよう。

よくよく考えれば、〝大地の竜〟のある意味お膝元《ひざもと》であるがゆえに、この〝黒の森〟の魔力濃度は高いのだ。これも多分〝大地の竜〟の影響ということなのだろう。この森の動物たちはもちろん、獣人たちや妖精たちが岩盤の下まで掘ってみよう！　とは思わないだろうから、今までこういう状態であることが知られずにいたのだ。

どこかに自然と湧き出している場所があるのかも知れないが、そこは広大な〝黒の森〟である。

それを見つけた者も多くはないだろうし、見つけたとして魔力が多いことまで察知できるかどうかはまた別問題だからな。

そこで俺はふと気がついて、顎から手を放す。

「ん？　じゃあ、ここと向こうで湯の温度があまり変わらないのも？」

「おそらくは魔力が原因でしょうね」

「ずっと温度が下がらないのも困ると言えば困るんだがな……」

排水を考えたらそれなりの間、温かいのはまぁ許容範囲と言えるだろうが、ずっとその温度が保たれていずれ川へ、とかになったらまずかろう。

「さすがにそれはなさそうですよ。魔力も徐々に抜けてはいきますし、温度もずっと維持されるわけではないと思います」

「ここに溜まった湯で魔物が生まれたりは？」

再び湯を掬ったリディに、俺は尋ねた。リディは手のひらの湯をじっと見つめながら答える。

「はっきりしたことは分からないですが、それもなさそうです。魔力が水の中を移動しているようなので」

「ふむ」

ここにリヴァイアサンが誕生しそうだってことになったら、今から急いで全て埋め戻しせねばならんが、その心配もない、と思って良いのかなこれは。

水棲《すいせい》の魔物自体はどうもいるらしい――らしい、というのは話をしてくれたヘレンも伝聞でしか知らなかったからだ——のだけど、ここの状態とそこは違うのだろうか。はたまた魔物だと思っているだけで、そういう生物なのかも知れない。

「とりあえず、この温度が維持されて、なおかつ魔物が湧かないってことなら、このまま温泉にしちまえばいいか」

「ええ、そうですね」

魔力濃度の高いこの湯は他にも使いみちがたくさんあるのだろうが、それを探るのは後回しにし、まず櫓《やぐら》が取り払われた湧出口の周りを板と土、杭を使って囲う。

幸い何十メートルも噴き上がっているわけではないので、なんとか作業を進められる。櫓を片したクルルとサーミャ、そしてヘレンとアンネとともにミニ井戸のようなものを作った。

湧出量が結構あるので作る先から溢れているが、そこに蓋《ふた》をして更に上から土をかぶせた。すると、圧力に負けて多少漏れてはいるものの、なんとかこらえてくれているようである。まぁ、ダダ漏れにならなければとりあえずはよしとしよう。

僅《わず》かばかり溜まっていた湯も周囲の土に吸収されたらしく、その量を減らしているので、明日からはまた別の作業だな。ふと顔を上げれば切り取られた空はすでに橙色《だいだいいろ》になっている。結構時間食ったたな。

「よーし、今日はこれでおしまい。もし明日ここがめちゃめちゃになってたらその時考えよう！」

そう俺が宣言すると、賛成の声が夕暮れの森の中に響いていった。

「そう。連絡手段。カミロ、これはマリウスも兼ねてだけど、こっちのほうもそうだし、ジゼルさんやリュイサさんとも互いに連絡できる方法は確立しときたいんだよな」

夕食時、俺は塩漬けにしていた鹿肉をローストしたものを一切れ飲み込んでから言った。

「カミロのほうは、ディアナのときには他になさそうだったから、森の入り口まで俺が毎日手紙を確認しに行く、って手段にしたけど、特になにもないときに空振りが続くのもな」

自宅のポストが四～五キロメートル先にあったとして、毎日見に行こうと思う物好きはそう多くはあるまい。あらためて考えると前の世界の通信手段が恋しくなってしまう。

なんとなく、スマホを手に「おや、メールはどうやったら送れるのかな……。えっくす……って何だ?」と戸惑っているリュイサさんが思い浮かび、慌てて脳内から追い出す。

「まぁ、今の人数なら森の入り口近くに手紙入れを作っておいて、誰かが持ち回りで見に行くのはありかも知れないんだが……」

「やっぱり、場所が森の入り口というのがネックですかね」

「そうだな」

火酒の二杯目に取り掛かっているリケに俺は頷く。サーミャ、ヘレンとアンネはともかく、リケ、ディアナ、リディは一人で森を行くこと自体にリスクがある。サーミャたちも常に無事である保証もないわけだし。特にサーミャはうちに来た経緯が経緯だ。同じことが起きないとも限らない。

それに、少なくとも名目上はディアナ、ヘレン、アンネはここに身を隠しているのである。よそ者が入り込める森の入り口まで一人で向かわせたくない。

「じゃあ、二人ずつで行く？」

「いずれにせよ、身を晒《さら》す可能性があるのがなぁ……」

「そんなの今更でしょ」

「うーむ」

ディアナの言葉に俺は腕を組んだ。言われてみれば街まで頻繁に行っておいて今更ではあるな。であれば、戦闘に長《た》けている組とそうでない組――と言っても、ディアナは剣の腕が立つのだが――の組み合わせにクルルとルーシーを入れればいけるだろうか？

幸いというか、温泉の湯殿と渡り廊下が完成すれば、しばらくは何かを建築することはない……はずである。家族が増えても空き部屋があるからそっちは大丈夫なので、建築があるとして倉庫か小屋の建て増しくらいか。それくらいなら、一時的にでも人手が足りなくて困る、という事はあるまい。

クルルとルーシーも散歩になって丁度いいかも知れないし、ひとまずはそうするか。

「とりあえず皆が手間でないならそうしよう。ヤバそうと思ったらすぐ戻ってくる。時間がかかってたら残った全員で様子を見に行く、ってことで今度からやってみよう」

同意の言葉がみんなから返ってきた。これで新しい日課が出来たな。無事にこれが上手《うま》くいってくれることを期待したい。あんまり上手くいきすぎて、目玉姿の父親を持つ妖怪《ようかい》少年のポストみたいなことにならないと良いのだが、ということは誰も理解できないだろうと思うので言わないでおく。

「問題はジゼルさんとリュイサさんの連絡手段なんだよなぁ」

腕を組んだままの俺にサーミャが言った。

「お互い毎日見るような何かだよな」

「言えば見てくれるんだろうけどな」

向こうから用事がある場合は良いのだ。基本的に俺たちはここにいる。二週間に一回の納品の時には確実に「いない」し、その他突発的な理由で家を空けることはあるが。

「一日一回はうちに来てくれるのが確実ではあるんだけど」

「ジゼルさんはともかく、リュイサさんはなぁ」

「そうなんだよな」

サーミャの言葉に俺は頷《うなず》く。ジゼルさんたちは妖精族である。最悪一〜二人くらいここへ寄越《よこ》してもらうくらいのことは可能だろう。〝例の件〟を抜きにしても互いにメリットがある話なのだし。

問題はリュイサさんである。結構な天然っぷりなので忘れがちだが、彼女は〝大地の竜〟の一部なのである。同様の人物(?)がどれくらいいるかは知らないが、少なくとも彼女は個人としての存在でもあるようだし、力もある。

そういう人をここへ「毎日来いよな!」と呼びつけるのは、まぁ、普通に気がひけるよねという話だ。

「こっちから伝える方法があればね」

アンネが最後に残った肉を平らげて言った。同じ肉を狙ったらしいヘレンのフォークは虚空を突き刺したまま止まっている。

「夜空にコウモリのマークを照らすわけにもいかないしなぁ」

「なにそれ？　北方にそんな風習あるの？」

「いや、流石にないよ」

あの金持ちがこの世界に転生している可能性はなくはないが。ＮＩＮＪＡにもなっていたわけだし。

ともあれ、その後食事が終わった後も、狼煙《のろし》はどうだとか、大木をハンマーで叩《たた》いて大きな音を出すのは？　とか、〝大地の竜〟ならば地面に杭《くい》を突き刺して知らせることは出来ないのかとか、喧々囂々《けんけんごうごう》の様相を呈し、いずれも決定打とはならずにいたが、議論はノックの音で一旦《いったん》止まる。

「はい。今出ます」

とリディが応え、扉を開けると、そこには見知った姿があった。

「どうやら、お困りのようだね。ノックしないといけないってジゼルがうるさかったからノックしたが」

リュイサさんである。天からの、いや、この場合は大地からの助けに俺は心の中で感謝をしながら、リュイサさんを招き入れるのだった。

「お困りのようだねとは言ったが、温泉が湧いたみたいだから来てみたら困ってた、ってだけなんだよね」

すっかり夕食が無くなったテーブルに着席した（夕食を用意しようか聞いたら「私はご飯は食べないからね」だそうだ）リュイサさんは、そう言って小首を傾《かし》げた。美人ではあるので動きがさまになっているが、いかんせん口調の割にのんびりしていてチグハグなイメージを受ける。

少なくともこの〝黒の森〟の主であるはずなのだが。

「ま、まぁ来ていただけたのはありがたいです。こちらから連絡が取れないですしね」

俺がそう言うと、リュイサさんはポンと手を打った。

「あら、そう言えばそうだね。大きな異変があれば察知はできるんだけど、私を呼び出すのに毎回地形を変えるわけにもいかないね」

「当たり前です」

俺は苦笑した。可能か不可能かで言えば、今の家族総出でやればある程度可能であろうとは思う。だが、かかる労力と環境への影響の割にできることと言えば「リュイサさんを呼び出す」の一つっきりなのである。目的と手段が入れ替わっている感じが否めない。

「で、困っていたのはまさにその連絡手段でしてね。今回もちょっと聞いておきたいことがあったんで、どうしようかなと皆で考えていたところなんです」

俺が説明すると、リュイサさんは微笑んで言った。

「ちょっと時間がかかって良いなら、ジゼルたちに言づてしておいてくれれば、私にも伝わるけど」

「ちょっと、ってどれくらいです?」

ここで「ん〜、一年かな!」と言い出しかねないのがリュイサさんだと思っている俺は、おずおずと尋ねた。

「長くても一週間くらいかな。早ければ翌日。色々あるんだよ」

リュイサさんの回答に、家族一同ホッと胸を撫《な》で下ろす。

しかし、おとがいに指を当てたリディが言う。

「あれ？　それなら妖精族《ようせい》さんたちは、リュイサさんが治療すればいいのでは？」

そう言えばそうだな。リュイサさんは樹木精霊《ドライアド》であり、〝大地の竜〟の一部である。魔力は十分に持っているはず。

妖精族からリュイサさんにメッセージを伝える手段があるなら、伝えて治療してもらえば良いのでは……。

しかし、リュイサさんは横に首を振った。

「そうしてあげたいのはやまやまなんだけどね。私は特定の生き物に直接手出しはできない。そんなことをすれば、この森で不慮の死が無くなってしまうだろう？」

「確かに」

リディは小さく頷いた。だが、アンネが続いて疑問を発する。

「邪鬼《トロール》の時のアレは？」

確か邪鬼討伐の時、リュイサさんは俺たちが討伐に失敗した場合、「最悪地形が変わるけどなんとかする」と言っていた。

もし俺たちが失敗していたら、魔物という生き物に直接手出ししていたのではないだろうか。

まぁ、純粋に魔力から生まれた魔物を生き物と呼んで良いのかは疑問の余地があるだろうし、助けるのと仕留めるのとではまた話が変わってくるのかも知れないが。

リュイサさんは肩をすくめて言った。

「今だから言っちゃうけど、例えば洞窟《どうくつ》が崩落して、それに何が巻き込まれるかは私は知らないからね。あの洞窟で崩落が起きれば、地上も広範囲に陥没するだろ?」

「ああ……」

アンネはため息をつく。なるほどな。「邪鬼を倒すために力加減の利かない大きな力を振るう」のではなく、「邪鬼を倒すには何かの巻き添えにする必要があって、邪鬼レベルだと地形が変わってしまう」のか。

前の世界のゲームっぽく言うなら、コンストラクションモードだけなので、地形はいじれるが直接攻撃はできない、みたいなもんか。

「うまく邪鬼だけを巻き込めるとも限らないから、この森の最強戦力である君たちにお願いしたんだ」

その状態でピンポイントに取り除きたいものがあれば、小回りの利く俺たちに頼むしかないのは、どのみち同じ話である。

「なるほど。ともかく、連絡はジゼルさんたちに言づて、と。ああ、それで聞きたいことって言うのは、温泉の排水についてなんですけどね」

「ああ、適当に流しちゃっていいのか、ってこと?」

「そうですそうです」

俺は頷く。流石に面と向かっては言わないが、そこが片付けばしばらくこっちから連絡する用事も今のところはないのである。

俺が返事をしてからしばらく、リュイサさんは腕を組んで考えこんでいた。え、もしかしてリュイサさんもノープランだったとかか。

沈黙が続く。結構長い時間が経ったんじゃないか、俺たちから何か案を出した方が良いのかも知れない、などと思いはじめたとき、リュイサさんが口を開いた。

「南側に浅い池を掘ってそこに溜めておいてくれ。そこから地下に流れるようにする」

「わかりました」

俺は再び頷いた。これで問題は解決だ。明日にでも取りかかるか……。

その時、リュイサさんがグイッと身を乗り出した。俺は一瞬ドキッとする。何を言われるんだろう、という緊張でだ。

リュイサさんはゆっくりと口を開いた。

「それより、いつくらいから入れるんだい？」

盛大にずっこける俺とリディ以外の家族。「まだ先ですよ」と冷静なリディの声がなんだか妙に頼もしかった。

「すみませんが、やっと湯が出てきたとこなんで、明日いくらか埋め戻しして湯殿を建てて……ってやってたら結構先ですね」

「おや、そうなのか。じゃあ楽しみにしてる」

なんでもないことのように、リュイサさんは俺の言葉に頷いた。時間の感覚も異なっているだろうし、多少先になったところでといった感じか。

「ああ、そうそう、ジゼルさんに一度こちらへ来てもらうよう、伝言をお願いできますか？」

「こっちへ？　ああ、連絡の話だね」

「ええ。そもそもジゼルさんに定期的に連絡を取る手段がないと、どうしようもないですし。温泉のところか、ここにいるので。街に行くときも昼を回ったくらいには戻ってますから」

「わかった」

リュイサさんは再び頷く。よし、これで連絡はなんとかなりそうだ。まぁ、リュイサさんの場合、確実に連絡を取れるまでに出来れば一週間は見ておかねばいけないわけだが……。

「それじゃ、また来る」

「ああ、温泉が完成したら連絡ルートの確認も兼ねて連絡しますよ」

「ありがとう」

立ち上がりながら、にっこり微笑むリュイサさん。家族皆で玄関まで見送り、入ってきたときとは違って静かに彼女は帰っていった。

翌日、朝早くから掘った温泉のところへ行く。「蓋《ふた》」が吹っ飛ばされたりしていないか心配ではあったが、そのようなことはなく、隙間から多少漏れているかなといった程度で済んでいる。

「あれなら埋め戻しに影響はないかな」

「そうですね。大丈夫そうです」

俺が言うと、リケが力強く頷いてくれる。彼女のお墨付きなら平気だろう。とは言え、あんまりのんびりもしていられない。出来れば今日中に埋め戻しと排水のための池造りまでは終わっておきたい。うちの家族の人数と能力ならそれが可能……なはずだ。多分。

サーミャとリディを、池を掘る方に回し、他の全員で掘り出した土を穴の底に戻していく。土を持ってくるだけでも大変なはずなのだが、そこはクルルが大活躍である。

重機さながらに土を運び、降ろしていくクルル。彼女のおかげでかなり作業が捗《はかど》っているのは間違いない。クルルを応援するルーシーの愛らしさに、時折肩のＨＰが減るのも許容範囲と言えよう。あんまりやられると作業に影響するが。

やるべきことは井戸のときとあまり変わらない。板壁を立てて、その外に土を敷き詰め、固めるという作業の繰り返しだ。完成すれば、方形の穴を登って湯は上まで到達する……はずである。

そのために井戸のときよりはかなり細い穴になるように壁を立てていく。ということは戻す土の量も多いわけで、クルルがいなかったらどれくらい時間がかかっていただろうか。

そのうちクルルにもなにかご褒美をあげないとなぁ。彼女の希望を聞けないのが非常にもどかしいが。

ほんの僅《わず》かな昼休憩を挟んで再び作業をし、結局「これくらいでいいかな」となった頃には、もう夜の帳《とばり》が下りかけていた。

夜《よ》っぴて作業する気は無かったけど、多少の〝残業〟を覚悟して松明《たいまつ》は持ってきてあったので、それに魔法で火をつける。ここから家までは、ほんの僅かな距離だが当然ながら街灯一つない〝黒の森〟の中である。明かりがなければちょっと家に帰るのも厳しい。

揺らめく松明の明かりに照らされて、湧き出している湯がキラキラと光る。湯は何とか想定通りに上まで登ってきてくれたのだ。溢《あふ》れた湯は掘った溝を通って、サーミャとリディが掘ってくれた池に溜まっていっている。

池のほうは掘るのを優先したので、周囲に土がそのままになっているのだが、これはまた後日だな。溝を通る湯に手を付けてみると、下で触ったときと同じように感じる。

やはり、魔力で保温がされているらしい。これなら廃水池とは別に溜める場所を作るだけで、浸かれそうだ。

湯が溜まりつつある池に家族の皆も手や足をつけてはしゃいでいる。

「おっ、温かい」

「どれどれ……ホントね」

「こうなってくると俄然《がぜん》楽しみになってくるわね」

「早く湯殿を建てたいですね」

「怪我《けが》にも効くと良いなぁ」

「効くんじゃない？」

こうして一通りはしゃぐと、まだ見ぬ湯殿に思いを馳《は》せながら、俺たちは徐々に水位を上げている「温かい池」を後にし、短い家路についた。

とりあえず、浸かるところまでいけていないにしても、後は湯船を含めて湯殿の建築と、渡り廊下の周辺施設を作る段階までは来た。

また見に行かないといけないとは思うが、ひとまず温泉が湧いて排水できるところまでは済んでいるため、最悪目隠しさえ作ってしまえば、湯浴みするための施設としては機能するだろう。

「ま、それはさておき、だ」

翌日、皆が作業をはじめている鍛冶場《かじば》の中、俺は呟《つぶや》いてヤットコで掴《つか》んだ板金に鎚《つち》を振り下ろす。

十分な蓄えがあるとは言っても男一人女六人に娘二人の所帯である。何もせずとも将来安泰、と言えるほどではない。

「こうやって日々の活計を立てる必要はあるんだよなぁ」

ボヤき気味に言って、再び鎚を振り下ろした。それをかき消すように、金属と金属が打ち合う硬質な音が響く。ボヤきはしたが、別段この生活に不満があるわけではない。

こういう自分の好きな仕事で生活していけるのはありがたいし、それに追われて他に何も出来ないというわけでもない。それに多少社会との関わりは続けたほうが良さそうだということもある。

仮に前の世界で一〇兆円の資産があったとして、それを元に毎日ぐうたら過ごすか？　と問われれば、俺は週に一日、いや、月に数日でもいいから外で働いて社会と繫《つな》がっておきたい、と思う人間なのだ。その意味ではワーカホリックと言われても仕方ない面があるのも確かである。

そんな益体もないことを考えながらも、仕事を進めていく。火床に板金を突っ込んでから、こちらをチラッと見たリケが言った。

「ボヤいてるのにちゃんと出来てるのがズルいですね」

「ありゃ、聞こえてたか。いかんいかん」

あまり大声にならないようにとは思っていたのだが、リケにはしっかり聞こえていたようだ。弟子にこういうボヤきを聞かれるのは非常に恥ずかしい。

ただでさえチートで賄っていて色々と忸怩《じくじ》たるところがあるのに、ボヤいていたなんてのはバツが悪い。「しがない鍛冶屋」であり「鍛冶屋の親方」である身として恥ずかしいものを作るわけにもいかないし、ちゃんと身を入れて作業をしよう……。

その日の仕事終わりに家族皆で温泉の様子を見に行ってみると、排水のための池から湯が溢れ出して川が、ということはなく、池に湯が溜まっているだけであった。これならしばらく放置しても問題になることはなさそうだ。

池とはいうものの、その日の突貫作業でできた程度の容量で、大した深さはなく縁の方がすこし浅くなっている平たい逆ピラミッド形状をしている。俺たちが浸かるにはちょっと厳しいのだが……。

どこから聞きつけたのか、狼たちと狸《たぬき》っぽいのが一緒になって湯に浸かっていた。彼（彼女？）らにとっては丁度いいらしく、目を閉じてじっとしている。耳や鼻は動いているので警戒はしているようだが、俺たちが比較的近くまで行っても逃げ出す様子はなかった。俺たちも今ちょっかいをかけるつもりはないので、ある程度距離を取って見守る。

珍しいことに俺の肩は無事だった。ディアナの右腕がルーシーを抱きかかえていたからである。ルーシーは温泉に浸かっている狼たちを見ても、特に交ざりたがりはしなかった。

それが嬉《うれ》しいような悲しいような複雑な感情を覚えさせたのは確かだ。

ずっとうちの娘でいてくれるものかな。できればそうして欲しいなと思うが、こればかりは彼女の人生……いや、狼生だからゆくゆくは彼女の選択に任せる他ない。

ちなみにディアナの左腕が俺の肩を掴んで力いっぱいユッサユッサと揺さぶったため、全くのノーダメージでも無かったことは申し添えておく。

「あの様子だと、池を湯船に改修するのは諦《あきら》めて、別に湯船を用意したほうが良さそうだな」

熊がしょっちゅう来るようになったりしたら考えどころだが、俺が対峙《たいじ》したことのある大きさのだとあの池では小さすぎるから来ないだろう。湯殿の外壁を多少強化してやる必要はあるかも知れないが。鉄板でも仕込もうかなぁ。

一瞬、足湯している熊が脳裏をよぎる。平和にしていてくれるなら、それでも構わないっちゃ構わないのだけど、危険ではあるからな……。

「せっかくの森の恵みですからね。〝黒の森〟のみんなで分け合いたいところです」

温泉から戻る僅かな間だが、リディがニコニコとしながら言った。彼女は彼女で目をキラキラさせながら狼たちが入浴する様子を見ていたからな。同じくらいテンションが上がっていたのはヘレンもである。

彼女たちが喜ぶのなら、あの池はそのまま維持しよう。そう考えながら戻ると、見知った小さな姿が家の前で手を振っている。

「おーい、エイゾウさんたちー！　良かった。入れ違いにならずに済みました」

妖精族《ようせい》のジゼルさんが、うちに来たのだ。さてさて、これはまた少し真面目な話をせねばなるまい、とさっきの光景で緩んでいた頭を再び引き締めながら、俺は挨拶《あいさつ》を返すのだった。

「なるほど、確かにそっちのほうがいいかもですね」

俺たちと一緒に夕食をとった後、小さな口でお茶を一口飲んで、ジゼルさんは言った。俺が「定期的な連絡手段があった方がいいのではないか」と持ちかけたことに対する返答である。

今回の問題は「ジゼルさん側にはあんまりメリットがない」ことなのだ。いくらかの例外はあるにせよ、俺たちはここから動かない。ジゼルさんが連絡を取りたければ、こちらに来ればそれで用が足りてしまう。

それを越えてこちらのメリットのために協力してくれるかどうか、である。

幸い今回は協力してくれるようで、

「まぁ、普通の人間相手なら定期的に連絡を取れる手段の確保、なんてしないんですが、エイゾウさんたちですからね」

ふにゃり、と微笑むジゼルさん。ヘレンがプルプル肩を震わせているのは何かを我慢しているのだろうが、そこは見ぬ振りをしてやるのが武士の情けだろう。

「ありがとうございます」

「いえいえー」

俺が頭を下げると、ジゼルさんは手を振った。

「それで方法なんですけど、どうしましょう。定期的に見たりする場所ってあります？」

「そうですねぇ」

ジゼルさんは小さなおとがいに指を当てる。今度はリディがプルプルしていた。うちの家族は可《か》愛《わい》いもの好きが多いのだ。

「私たちは定期的に森の中の巡回もしてます。魔力の澱《よど》んでいる場所がないかを実際に見てチェックするためですが、そのついでにここに立ち寄るのも含めましょうか」

「ここってちょっと外れた場所だと思うんですけど、いいんですか？」

「ええ。そんなに時間も変わらないですし、病を考えれば、この場所を知ることは我々にもメリットがありますからね」

「ああ、なるほど」

妖精族は身体のほとんどが魔力でできているが、その魔力が減少していく病気があり、その時はこの工房に来て、俺が作る魔力の結晶で減った魔力を補って治療する必要がある。

なので、どの妖精族の人でもこの工房の場所がわかる、というのは結構なメリットだろう。

「じゃあ、伝言板みたいなものを用意しておきますね」

「はい。こちらから何かあるときも、そこに伝言を残しておきます」

「どれくらいの頻度で来ます？」

「そうですねぇ。二〜三日に一回くらいだと思います」

「わかりました」

俺は指を差し出す。ジゼルさんはそれを手で握って上下に振った。手の大きさが違うが握手である。これで〝黒の森〟で連絡を取るべき相手への手段は確立できた。

とは言え、活用される機会はあまりないに越したことはなさそうなので、その辺は〝森の主〟たるリュイサさんに頑張ってもらうとしよう。

その後は森の中の話を聞いた。最近は魔力の澱みも少なく、迷い人もあまりいないそうで平和そのものということだった。澱んだ魔力は邪鬼《トロール》がほとんど持っていってしまったのかもしれない、とジゼルさんは話していた。

まれに迷い込んでくる人間もいるにはいるのだが、大抵森の辺縁地域で見つけているため、「内緒の方法」で外に誘導しているらしい。この工房にたどり着いてしまいそうな人間は一人もいなかった、ともジゼルさんは付け足していた。

まぁ、かなり分け入ったところにある上、〝人避け〟の魔法までかかっていたら、そうそう辿り着くものでもあるまい。

「それじゃあ、また」

「はい。何かあったらよろしくお願いしますね」

「ええ、もちろん」

そろそろ寝るか、となった頃、ジゼルさんは帰っていった。泊まっていけばいいのに、と言ったのだが用事があるそうだ。呼びつけてしまってちょっと悪かったかな。

ふよふよと浮かんで森の中へと消えるように去っていくジゼルさんを見ながら、俺はどんな伝言板を作ろうかなと、気が逸《はや》るのだった。

◇　◇　◇

納品に行く二日前、一通りの納品物が出揃《でそろ》った。つまり、明日は再び自由ということになる。とは言うものの、だ。

「湯殿を作るには微妙だな」

朝、クルルとルーシーを拭《ふ》いてやりながら、俺は呟いた。湯殿はいずれにせよ一日では完成しないので、明日進められるところまで進めてもいいっちゃいいのだが、その後納品で一日空いてしまうし、その後また一週間程度は作業に入れることを考えれば明日急いでやる必要もあんまりないのではと考えると……。

「伝言板を作るか……」

と言っても、黒板そのものを作る……というのはなぁ。黒板とチョークって、確か前の世界でもかなり時代が進んでから出てきたものだった記憶があるし。

移動式のホワイトボードのような形状で、白板部分を黒くした鋼にして、石筆を使う、黒板もどきにするか。雨があまり当たらないよう庇《ひさし》を作るし、そもそも水濡《ぬ》れには強いから十分に用をなしてくれるだろう。こすれば消えるのもいい。少し文字が薄くなるかもしれないが、読み書きするには十分なはずだ。

凝ったものでなければ今日一日で作れそうだし。納品物のマーキングに必要になるかもと思って、石筆もカミロのところから何本か仕入れてある。納品がそんなに多くないので、今のところあまり役に立っていなかったのだが、これで役に立つ日が来たな……。

朝のルーティーンを一通りこなし、俺とリケは他の皆を送り出す。今日は狩りに行ってくるらしい。このところ遠くには行ってなかったから、息抜きにも丁度いいだろう。

「いってらっしゃい。気をつけてな」

「おー」

そう言ってブンブンと大きく手を振るサーミャと他の家族、そして、その周りを「わんわん！」と吠《ほ》えながら走り回るルーシーの姿が森の中に消えていくのを、俺とリケも手を振りながら見送った。

「さてさて。作業としてはつまらんかも知れないが、いっちょはじめるか」

「はい！　親方」

やたら気合いの入っているリケと一緒に鍛冶場に戻った俺は、炉に火を入れて鉄を沸かす。その間に、いつもは剣をつくるときに使っている砂で、木の板を雄型にして砂型を作っていく。

剣を砂型でやらないのは量産性の問題だが、今回は完全ワンオフだし、表面がざらついてくれている方が目的に合うからな。

砂型に詰めた砂を木の棒で突き固める。筋力の増強された俺とドワーフのリケの二人がかりでやっていくと、かなりガチガチに固まってくれた。半分で割って木の板を取り出し、湯口になるところに刺してあった木の棒を抜いて戻せば砂型の完成だ。

そうやって出来た砂型に、炉で温度が上がって流し込めるまでになった鋼を流し込んでいく。真っ赤な、どろりとした液体を飲み干すように砂型は溶けた鋼をその中に取り込んでいく。

やがて、湯口のところまで鋼が上がってきたので、そこで注ぐのを止めた。あたりはもうもうと湯気が立ち、湿気も気温も上がっていて、俺とリケは汗だくになる。

作った鉄板が冷えるまでの間、俺とリケは飛び出すように鍛冶場《かじば》を出て避難する。

「いつも暑い暑いと思ってたが、大きさが違うからか今日はひときわ暑かったな」

「そうですねぇ。それにしてもお見事でした」

「まだ流しただけだけどな」

「もうその時点で半分以上決まりますからね」

「まぁ、それはそうだが」

それもチートで加減を調整しているだけなので、ちょっと気がひけるところである。いつかは自分で見極めがつくようになるのだろうか。そこは俺もリケと変わらず修行が必要なところだな……。

しばらく涼んだ後、出来上がった鉄板のバリ取りは簡単に済ませ、板を加熱して黒くする。ヘレンの胸甲を金色にしたときと要領的には近い。そうして黒っぽい鉄板が出来上がると、それを持って外へ出る。

転がしてあった丸太のうち、大きめのものを適当な長さで切り、鉄板の厚みの溝を、ノコギリを駆使して入れたものを二つ作る。これが土台だ。並べた土台に鉄板を差し込めば、伝言板としては用をなすようになった。

だが、このままでは雨が降った時に濡れ放題の錆《さ》び放題になりかねないので、

「あとは庇か」

「そうですね。枝を持ってきます」

「ああ」

長めの枝に土台と同じような溝をつけ、鉄板の上に嵌《は》める。その枝に庇になる板を釘《くぎ》で打ち付ければ……。

「出来ましたね！」

リケがパチパチと拍手をした。出来上がってみると、前の世界で山道にある案内板のような佇《たたず》まいである。あのコンクリートでニセ木の枝になってるアレだ。違うのは案内板のところに何も描かれておらず、黒い鉄板が佇んでいるということだ。

その完成した伝言板に、倉庫から持ってきた石筆で試しに三文字書いてみた。

「よし、ちゃんと読めるな」

「これはなんて書いてあるんです？」

「うーん、秘密の文字かな……」

「へぇ。そういうのも知ってるんですね、親方」

「いや、うん、まぁ、そうだな」

黒い鉄板に、前の世界でのアルファベットの最後三文字。俺は自分自身に苦笑して、それをこすって消すと「今日は伝言ありません」と、この世界の言葉で書き記した。

狩りに出かけた皆が戻ってくるまでには多少時間がありそうだったので、転がっていた木材の切れ端にナイフで工房のマークを入れ、伝言板に取り付けた。

しかしこれ、事情を知らない人が見たら誰に宛てた伝言なのかさっぱり分からないだろうな……。

「そう言えば、うちには看板がなかったなぁ」

できあがった伝言板を見て、俺は呟《つぶや》いた。ここが何であるのかを示すものは今のところ何もない。まぁ、作ったところで見る人間はごく限られるのだが。

「リケの実家はどうだったんだ？」

「うちですか？　一応つけてましたよ。金槌《かなづち》と金床に〝モリッツ〟とだけ入ってるシンプルなやつでしたけど」

「へえ、そういう決まりとか？」

「いえ、つけないところもありますしね。うちの場合は初代が作ってそのままらしいです」

「なるほど」

苦笑するリケに、俺は笑って返す。初代もきっと気まぐれで作ってそのままなんだろうな。

「そのうち、うちのマークを入れた看板でも作るか。誰が見るものでもないだろうけどな」

「初代は責任重大ですよ？」

リケはそう言ってクスクス笑う。俺も「そうだな」と言って笑い、二人で家に戻った。

◇◇◇

翌日、今日は納品の日だ。別にカミロの店にいつ行くとは言ってないし、手分けすれば回収も解体もすぐに済む（クルルのおかげが大であることは言うまでもない）ので、昨日仕留めた獲物の回収を先にすればいいのではと提案したが、帰ってからにするらしい。

そんなわけで、居残りはなし、俺にサーミャ、リケ、ディアナにリディ、ヘレンとアンネ、そして、もちろんクルルとルーシーの皆でお出かけということになる。

皆でお出かけとは言うものの、行程の大半はクルルの牽《ひ》く荷車に乗ってるだけだし、大丈夫か。回収するまでに食われてなきゃ良いが。

「そりゃそん時だ。朝イチに行っても食われてるときはあったし」

荷物を荷車に積み込みながら、俺が懸念を伝えると、同じく荷物を荷車にどさりと置いたサーミャが事も無げにそう言った。

彼女がうちで暮らすようになってからはそういう話を聞いたことがない。

湖のそれなりに深いところに沈めているから、臭いもしにくくなるし、物理的にも滅多なことでは奪われないのだろうが、幸運も手伝っていたんだろうな。

まぁ狩り一回分の肉が消えたとて、うちの食料庫にはまだ十分な量がある。それに収穫した野菜もあるし、早々に飢えることはない。

「じゃあ、行くか」

「クルルルル」

俺の声に応えクルルが声高く鳴き、荷車はゆっくりと森の中を進んでいった。

森でも街道でも、渡る風にはもう夏の気配はなく、秋の匂いが乗ってきている。ここらの秋はどんなものなのだろう。周囲に目を配ることを続けながら、俺はそんなことを思う。

ふと、ディアナの膝《ひざ》の上に乗っているルーシーが目に入る。毎日見ているとやや実感がないが、こうやって見ると確実だ。

「ルーシー、大きくなったな」

「そうなのよ」

その膝の上のルーシーを撫《な》でながら、ディアナは言った。保護した頃はディアナの膝の上でもちょこん、といった感じだったが、今はでーんと鎮座ましましている。

そろそろ膝の上は卒業して、床で丸くなるのかもしれない。ママにとっては寂しいだろうが、それも成長だからなぁ。

顔もやや凛々《りり》しくなってきた。それでも可愛らしさを強く感じるのは、まだルーシーが幼いからか、それも親バカか。

「どっちもか」

俺はそうひとりごちて、風で揺れる草原に目を戻した。

いつものとおりに街に着き、衛兵さんに軽く手を挙げて挨拶《あいさつ》をして、露店のオッさんを和ませながらカミロの店に着く。

裏手にクルルとルーシーを連れて行くと、これもいつものように丁稚《でっち》さんがすっ飛んできた。今日はどこかへ片付けたのか、それとも売っぱらったのか、木の板でできたあの日陰はない。これからの季節には不要そうだからなぁ。

「いつもありがとうな」

と、俺は丁稚さんの頭に手を伸ばす。俺は違和感に気がついた。

「ちょっと大きくなったか？」

「え？　そうですか？　えへへ」

嬉《うれ》しそうにはにかむ丁稚さん。この子もどんどん成長しているんだなぁ。ガシガシと頭を撫でて「それじゃ頼むな」と言った俺に「任せてください！」と胸を張る彼を残して、俺たちは商談室へ向かった。

カミロと番頭さんを交えた納品の話は恙無《つつがな》く終わった。その後は二週間に一度、俺と家族がその情報を仕入れられる、貴重な〝カミロニュース〟の時間……だが、今日はその前にやっておくことがある。

さて、それではとなったところで、俺は話を切り出した。

「そうそう、連絡手段を確立しておこうと思うんだが」

「連絡手段ねぇ」

口ひげをいじりながらそう言ったカミロに、俺は頷《うなず》く。

「二週間に一回のこの機会でも良いんだけど、それよりも早めたい緊急の場合ってあるだろ？　まぁ、お前も俺の工房の場所は知ってるし、依頼でなけりゃ複数人で来ても良いからなんとか出来るかも知れないが、やり取りする手段はあったほうがいいと思ってな」

「ふむ……」

この話はカミロにとってもメリットがある。即座に乗ってくるだろうと思っていたが、どうにも若干渋っているような、そうでもないような……。

「ぶふっ」

真面目くさった顔をして思案していたカミロだが、唐突に吹き出し、笑い始めた。当然俺たちはキョトンとしてしまう。

「わはははははは！　いや、悪い悪い。ちょうどこっちもその辺を考えててな。あんまり渡りに船すぎて、思わずもったいぶっちまった」

豪快に笑いながらカミロは言った。彼のちょっとした悪戯《いたずら》心、というわけだ。俺はわざとらしくむくれてみせる。

「まったく、お前といいマリウスといい……」

「わはは、許せ許せ」

うちの家族にも〝悪ガキ三人組〟と見られるのは、この悪戯心が抑えられないのもあるんだろうな。ディアナに言わせれば「似た者同士」でもあるんだろうが。

「それで、どうする？　こっちとしては森の入り口に文箱を用意しようかと思ってたんだが」

「それも悪くないが、お前たちにも回収の手間があるだろ。もっと良いものを用意してある。ま、ちょっとした条件付きだが」

「条件？」

「すぐに分かるよ。ちょっと待ってろ」

そう言うとカミロは一旦《いったん》商談室を出た。

「なんだろうな」

「ロクでもない話だったら、断ったほうが良いんじゃない？」

眉《まゆ》をひそめたのはアンネである。

「まぁ、連絡手段と引き換えってことっぽいし、よっぽどでなけりゃいいだろ」

「エイゾウが良いなら良いけど、明らかに悪い話だったら口を挟むわよ」

「そこはそうしてくれ」

俺は苦笑しながらアンネに言った。立場上、帝国第七皇女のお言葉であればカミロも聞かないわけにいかないだろうし。

やがて、ガチャリと扉が開いた。入ってきたのはカミロだけではない。その後ろに女性がついてきている。

肩には左右それぞれ小さなドラゴン——四脚ではなく、前脚にあたる部分が翼になっていて、鳥のようでもある——が乗っているのがまず目に入った。

あの二匹がカミロの言う「連絡手段」だろうか？

そして、女性は俺にはそれなりに馴染《なじ》みのある服を身に纏《まと》っていた。つまりは和服である。

厳密には和服に似た服で、俺の知っている和服そのものではなく、少し華美な感じである。

華美とは言っても袴《はかま》を穿《は》いていて、動きにくさはなさそうだ。

それらも目をひく部分ではあるが、彼女には爬虫類《はちゅうるい》のような尻尾《しっぽ》がついている。

尻尾だけではなく、おそらく全身を覆っているのであろう鱗《うろこ》。顔はほぼ人間のようだが、ところどころに鱗があった。

いわゆるリザードマン、あるいはドラゴニュートと呼ばれる種族の女性だ。

少しあっけにとられていると、カミロが言った。

「こちらがお前をたずねてきてな」

カミロの言葉で、女性はスッ……とお辞儀をした。

「はじめまして、私はカレン・カタギリと申します。北方から来ました」

そう言って頭を上げた彼女の縦長の瞳孔《どうこう》をもった瞳《ひとみ》がスッと細められる。それが笑顔なのか、それとも別の意味を持つのか、俺にはすぐに分からなかった。

2章　北から来た人

「北方から、ですか」

「ええ」

俺が思わず言うと、カタギリさんは頷いた。カミロが口を開く。

「彼女とは俺の北方との取引先の縁でな。前に〝コメ〟が欲しいって言ってただろう？」

「そうだな」

元日本人として食卓に欲しいものナンバーワンと言って過言ではない。品種の差なんかで味は前の世界のものと比べるべくもないとしてもだ。

「『南の商人が〝コメ〟を欲しがるってなぜだ？　そう言えば、最近北方の食品を欲しがってたなってところで興味を持たれたらしい」

「なるほどね」

俺は小さくため息をついた。完全に俺が藪《やぶ》を突《つつ》いた結果だな。

「それだけではないですけどね」

カタギリさんが綺麗《きれい》に響く風鈴のような声で言った。

「エイゾウさんが作った品を見て、他のものも拝見したいと思いまして」

カタギリさんは俺の家名を言わなかった。こちらの世界でも、どの土地でも家名を知っていたらそちらで呼ぶのが通常の礼儀である。

俺だって公式の場ではマリウスのことは〝マリウス〟ではなく、〝エイムール伯爵〟と呼ぶ。なのに、タンヤを言わなかったのは俺の家名を知らないということだ。鍛冶屋《かじや》だから無くても不思議はないし。

「失礼ですが、それは刀ですよね？」

カタギリさんは俺が傍らに立てかけておいた〝薄氷《うすごおり》〟を指さす。

「ええ」

「拝見しても？」

「どうぞ」

俺は薄氷をカタギリさんに手渡した。俺の少し後ろで小さく金属音がしたのはヘレンが自分の得物に手をかけたのだろう。

カタギリさんは「では」と恭しくお辞儀をして、滑らかに薄氷を鞘《さや》から抜いた。仄《ほの》青く光る刀身が姿を現し、そこだけ温度が下がったかのようである。

「すごい！　青生生魂《アポイタカラ》なんですね！」

「ええ。ちょっとした伝手《つて》で手に入れましてね。まぁ、このカミロからなんですが」

正確には情報はマリウスが入手してくれて、そこから先を俺が金を払ってカミロに任せた形である。

「ここまで出来る人がいたんですね……。切れ味も凄《すご》そうです」

真剣な表情で薄氷を見つめるカタギリさん。リケがウンウンと腕を組んで大きく頷いている。

「ありがとうございました」

「いえいえ」

かなりじっくりと見た後、頭を下げながら、抜いたときと同様に鞘に収めた薄氷をカタギリさんは差し出した。俺が受け取って再び傍らに置くと、小さく息を吐く音が聞こえる。

随分と刀の扱いに手慣れているが、刀を振るったりする人なのだろうか。気になるところだが、それよりもまず確認しておくべきことがある。

「で、通信手段と交換ってこれだけなのか？」

俺はカミロに向かって言った。彼はわざとらしく肩をすくめる。

「まさか」

「だよな」

これだけのために、わざわざここまでは来ないだろう。カタギリさんがモジモジしながら、話を続ける。

「大変不躾《ぶしつけ》なお願いなのですが……」

少しの逡巡《しゅんじゅん》。北方からここまではインストールの知識によれば結構な距離がある。そこから出向いたのだ、希望があるなら早く言っても良さそうなのだが、それが出来ないのだな。

「エイゾウさんの工房にお邪魔できませんか？」

カタギリさんは真《ま》っ直《す》ぐに俺の目を見ながら言った。ドデカいため息が周囲から聞こえる。

「それが小竜を渡す条件、だそうだ。彼女はお前の工房の場所を知らないし、一人で行けるほど腕が立つわけではない」

口ひげを触りながら、カミロが付け足す。なるほどね。

「カタギリさんの武器を打ってくれ、という依頼では無いんですね？」

俺を見るカタギリさんの目を、俺も真っ直ぐ見返しながら聞いた。武器を頼むのであれば、一人で来いというあの条件に引っかかるが、そうでないなら、こちらの胸三寸の問題だ。

「ええ。それは間違いなく。というより、エイゾウさんに作ってもらっては困るんです」

カタギリさんは小さく眉根を寄せた。

多分俺も同じような顔になっているに違いない。彼女は顔を伏せながら続ける。

「と、言われても分からないですよね。私は自分の手で、一振りの刀を打てるようになりたいんです。それも北方以外のところで」

そう言って、彼女は顔を上げた。

「刀を打つ技術は勿論《もちろん》北方のものです。普通、他の地域で学べるものではありません。そもそも、そうそう教えていただけるようなものではないことも承知しています。でも、エイゾウさんの工房に滞在させていただきたいのです。弟子入り、とは言いません。側《そば》で見るだけでも結構ですので、お願いできないでしょうか」

彼女の顔にはもう逡巡の色はなく、決意だけが漲《みなぎ》っている。

「なんとなくの事情は理解しました」

「では！」

ズイッとこちらに近寄るカタギリさんを、俺は手で制した。

「とは言えですよ、『はいそうですか』と受けるわけにもいかない事情がありまして……。話しにくいことだとは思いますが、なぜそんなお願いをするのか、そちらの事情を聞かせていただいても？」

俺がそう言うと、カタギリさんは目を泳がせた。知り合って間もない人間に事情を聞かせろと言われて、「はいそうですか」といかないのは彼女も同じだろう。

とは言え、俺は元はこの世界の人間ではない。北方に〝タンヤ家〟があるかどうかは知らないのだ。それに、彼女も既に聞いているかも知れないが、ディアナとアンネは実際どうであるかはさておき、うちに身を隠している状態だ。

さらに、うちには〝黒の森〟の主である〝大地の竜〟に近しい人（厳密には人ではないが）や、妖精《ようせい》も来るのである。

まぁ、二～三日、あるいは長くても一週間程度のお客さんならともかく、さっきの話を聞いていてもそれだけで済むようには思えない。

よほど腕が良いのなら別だろうが、それならそもそもこんな依頼はしてこないだろう。

少しの逡巡の後、カタギリさんは再び決意の漲った眼差《まなざ》しで俺を一度見てから、大きく頷《うなず》いた。

「わかりました。それではお話しします」

カタギリさんは息を吐き、続ける。

「私の家はサムライ――ええと、エイゾウさんはお分かりかと思いますが、こちらで言うところの騎士や貴族のようなものでして」

彼女の話はこうだった。リザードマン（ドラゴニュートではなかった）の彼女の先祖は六〇〇年前の、魔族との大戦の頃に戦功をあげ、領主（ダイミョウと言っていた）に召し抱えられたらしい。

それ以降、着実に地歩を固め、その領地ではかなり重用されるような立場になったのだそうだ。

そうなってくると家どうしの繋《つな》がりが非常に重要視されるようになってくる。

実際、カタギリ家もあちこちに姻戚《いんせき》がいるのだそうで、王国で言えば侯爵のところみたいなもんだな。すると、生まれてくる女子は大体が政略結婚の材料になっていく。

この世界はかなり女性の社会進出が進んでいるみたいだが、前の世界から見ても旧態依然とした部分もかなりある。

これは今現在体面的にはディアナやアンネがそうであるのと同じだ。当然、カタギリさんもそうなるはずだったのだが――。

「ある時、家宝の刀を見てしまいまして」

彼女は照れくさそうに言った。

「私もあんなものが作れるようになるだろうか、作りたいなと思っていたら、居ても立ってもいられなくなり、父の知っている鍛冶師のところへ出入りするようになったんです」

そこである程度の研鑽《けんさん》を積み、そろそろ自分の刀も見えてきたかなと思いはじめた頃、それが父親にバレた。

「父はもうカンカンで、一時は鍛冶師を斬るとまで言っていたのですが、なんとかおさめてもらいました。まぁ、それで私の諦《あきら》めがつけば良かったんですけどね」

カタギリさんは小さくため息をつくと、苦笑した。

「どうしても自分で刀を一振り打ちたいのだと訴えたんです。それで父が言ったのが……」

一瞬口を閉ざすカタギリさん。それこそ研ぎ澄まされた刀のような緊張と静寂が場に訪れる。

「『北方以外の場所でワシの目にかなうような刀を打てるならばよい』でした。それで、どうしたものかと思案していたら、カミロさんのところで〝ミソ〟だの〝コメ〟だのを求めていると伺いまして」

それを聞いて、カミロはうんうんと頷き、俺を指差す。

「こいつから頼まれてましたからね」

実際に北方に行っているのはカミロの店の誰かだったりするのだろうが、同じことではあるか。

今度はカタギリさんが頷いた。

「ええ。それで、欲しがっている人は北方人に違いない、であれば王国で刀を打てる鍛冶屋を知っているかもと思い聞いてみたら、そもそもその欲しがっている北方の方が鍛冶屋だと言うではないですか」

「それは完全に渡りに船ですねぇ……」

「はい。作ったものを見せていただいても素晴らしい出来のように見えましたので、この小竜を連れてこちらに参った次第です」

「それで先程の話、と」

「そうです」

カタギリさんがまたジッと俺の目を見つめる。彼女の話を総合すれば父親の鼻を明かすため、直接でなくとも良いからとにかく師事したい、ということである。

ううむ、と俺は腕を組んで考え込む。正直、まだチート頼りの俺がキッチリ教えられることは現状なにもない。リケがいない状態でこう頼まれていたら断っていた可能性はある。

だが、今は親方として忸怩《じくじ》たる思いはあるにせよ、リケを頼れるのだ。彼女はかなり強引な手段で俺に弟子入りしてきたが。

「ちょっと失礼」

俺はカタギリさんに断ってから、家族全員で顔を寄せ合う。あまり褒められた態度でないのは確かだが、俺たちで話しておきたいこともある。

俺は六人の家族に言った。

「受けるかどうかだが、連絡手段が欲しいのは確かだから、受けるのはありだと思う。事情を聞いてしまった後で断りにくい、ってのもあるけど」

皆は俺をじっと見て話を聞いている。

「でも、家族のことを二の次にしてまで受けなければいけない話でもない、と俺は思ってる。言いかたは悪いが、ここで皆に我慢してもらっても、得られるものはカミロとの連絡手段だけだからな」

俺はリケの目を見ていった。

「で、これを受ける場合には、リケに手伝ってもらう必要がある」

リケは一瞬キョトンとした顔をした。

「私ですか？」

「ああ。俺だと『見て覚えろ』以外に何もできない。もし、カタギリさんが具体的なことを知りたくなったら、リケを頼るほかないからな」

見取り稽古《けいこ》のみとはいえ、弟子が一人増える話だ。リケもなにか思うところがあるかも知れない。

「おまかせください！」

小さくだが、ドンと胸を叩《たた》いてリケは請け合ってくれた。こういうときにダメなら断る性格ではある（と俺は思っている）ので、少なくともライバルが増えて嫌だなみたいなのはないらしい。

「もしダメなら言ってくれて良《い》いんだぞ？」

俺が言うと、なぜかディアナとリディがうんうんと強く頷く。

「腕の良い職人の弟子が増えるのは当たり前ですから」

リケはそう言ってニッコリ笑った。

「よくできた弟子をもって、俺は鼻が高いよ」

俺は心の底から思っていることを口にした。

「他の皆は？」

リケ以外の家族は首を横に振った。ダメということではなく、特に言うことはない、つまり「エイゾウに任せる」ってことだ。

俺は小さくため息をついてから言った。

「わかりました。しばらくの滞在を許可しましょう」

俺の言葉を聞き、花が咲いたように喜色の笑みを浮かべるカタギリさんを見て、俺はこれからどう対応したものか、頭の中で考える。

「ありがとうございます！」

ペコリと頭を下げるカタギリさん。彼女の黒く長い髪と相まって、一瞬前の世界に戻ったような感覚すら感じる。

俺はカタギリさんに言う。

「いえいえ、まだなにか成果が出たわけでもないですからね……。とりあえず、うちへ行きましょう」

カタギリさんは顔を上げて、「はい」と頷いた。

「〝小竜〟についてはもう聞いてるんだろ？」

そう言って俺がカミロの方を見ると、彼はぐっと親指を立てた。じゃあいいや。俺たちは一人増えた状態で、いつものように商談室を出た。

裏庭へクルルとルーシーを迎えに行く。うちの娘は二人とも人懐っこい。丁稚《でっち》さんと遊んでいる間でも、他の店員さんたちが来ると駆け寄ることもあるそうだ。

なのでカタギリさんが増えていたとしても特に問題はないと思いたいが、これぱっかりは会わせてみないことには分からない。

もし、どちらかが完全にカタギリさんを嫌うようなら、一度良いと言った手前ではあるが、お断りをせねばならないだろう。

結論から言えば、それは全くの杞憂《きゆう》であった。二人ともカタギリさんを見るや、クルルは顔を擦《こす》り付け、ルーシーも尻尾《しっぽ》をブンブンと勢いよく振って足下を走り回っている。

カタギリさんの肩に留まっている二匹の小竜たちはと言うと、クルルがカタギリさんに顔を擦り付ける時にクルルの背中に飛び移り、毛づくろいのように翼を舐《な》めて手入れし始めた。クルルもそれで特に気にした様子はないし、ルーシーも二匹に向かって威嚇するようなこともない。

問題があるとすれば俺の肩のＨＰが順調に減っていることくらいだ。そろそろヒャッハーな肩甲でも用意したほうがいいだろうか。

「この二人がうちの娘……みたいなもので、走竜がクルル、狼《おおかみ》がルーシーです」

「よろしくね」

カタギリさんがそれぞれを撫《な》でて挨拶《あいさつ》をすると、二人とも嬉《うれ》しそうに鳴いて歓迎していた。

カタギリさんの荷物も荷車に積み込み、若干呆《あき》れたような視線を送る衛兵さんに軽い挨拶をして街を出る。

もうお互いに慣れっこと言えば慣れっこになってしまった。荷車に女性を満載して男が俺一人という状況が周りからどう見られるか、は今更言うことでもあるまい。

「ええ⁉　温泉ですか⁉」

晴れ渡った空の下、緑色を失いつつある草原の傍らを走る街道で、カタギリさんは大声で驚いた。

うちの話をしている時に、ディアナが「温泉がある」ということを言ったのだ。

「ええ。まだ使えるような状態ではないですが」

水瓶《みずがめ》に湯を汲《く》んできて家で使うくらいの事はできるかもしれないが、何もない野ざらしのところに源泉と排水のための池、それを繋ぐ水路があるだけなので、衛生面に目を瞑《つぶ》ったとしても、うら若い女性が入浴できるような状態ではない。

「温泉に反応するとは、やっぱり北方の方なんですね。エイゾウさんも、温泉が出ると分かったときはものすごい喜びようでした」

しみじみとリディが言って、他の皆がうんうんと頷く。俺の場合は正確には北方人でなく元日本人だからだが、それは言わないし言えない話である。

サーミャが指を振りながら言う。

「あー、北方と言えばなんだっけ？　朝に鍛冶《かじ》場でやってるアレ」

これにはアンネが答えた。

「カミダナ」

「え、神棚もあるんですか？　あ、でも北方出身の方の工房なら当たり前か……」

ふむ、とカタギリさんは考え込む仕草をする。

「まぁ、簡易なものですし、特に誰をお祀《まつ》りしているとかはないので、気分だけみたいなものですけどね」

「いえいえ、出奔されても心意気を忘れないのはご立派だと思います！」

俺の言葉にブンブンと手を横に振るカタギリさん。サーミャが荷車の外を向いて肩を震わせているのは、警戒しているのではなくカタギリさんの態度がツボに入ったのだろう。サーミャは時々、俺をこうやってからかうのだ。俺はそれを見てため息をついた。後で覚えとけよ。

その後、家の習慣の話が続いた。水汲みを弟子であるリケでなく、俺がやっていることには驚いたようだが、運動と娘たちの散歩も兼ねていることを説明すると納得したようだった。

そうこうしているうちに、クルルの牽《ひ》く竜車は森の入り口に差し掛かる。〝黒の森〟の名は北方にも伝わっているらしく、

「こ、ここが〝黒の森〟……」

カタギリさんはゴクリとツバを飲み込んで、身体《からだ》を強張《こわば》らせる。

「ええ、〝迷えば二度と戻ってこられない〟、〝凶暴な獣がうろついている〟」

俺は思わず小さく笑みを浮かべて、続けた。

「そして、我が愛すべき家のある場所です」

鬱蒼《うっそう》とした森の中に木漏れ日が差し、涼やかな風が通り抜けていく。茂みを走って行くのは狼だろうか、猪《いのしし》だろうか。樹々《きぎ》の隙間から見える遠くでは、鹿が木の芽《は》らしきものを食んでいる。

樹々の枝には鳥やリスが留まっていて、鳥は時折歌うようにさえずっている。

俺たちにとっては〝いつも〟の風景。街道よりもよっぽど安全だと思える、この〝黒の森〟も、一人にとってはまだそうではない。

その一人、カタギリさんにとって、ここは獣人族以外、足を踏み入れぬ魔境なのである。

ただ、その肩に留まっている小竜二匹はのんびり欠伸《あくび》をキメておられるので、彼女（聞いたところ、二匹とも雌なのだそうだ）たちにとっては、俺たち同様さほど恐ろしい場所ではないらしい。

「慣れればこの風景ものんびりしたものに感じられるようになりますよ」

「え、ええ……」

俺が声をかけるとカタギリさんはぎこちなく微笑《ほほえ》んだ。リケやディアナが馴染《なじ》むのが早かっただけで、こういう反応が普通なんだろうな。

「まぁ、アタシたちといれば危ないことは何にも無いし、気楽に気楽に」

カタギリさんの様子を気にしたのか、珍しく（と言っては失礼だろうが）サーミャがニッコリ笑って言った。実際「黒の森の最強戦力」でもあるわけだしなぁ……。

それを知っているわけでもないだろうが、カタギリさんの表情がやや和らいだ。

そこへ追い打ちとばかりに、ルーシーが膝《ひざ》に乗ってカタギリさんの顔をペロペロやる。

「きゃっ⁉　こら、くすぐったい！　アハハハ」

ルーシーの攻勢にカタギリさんの緊張はすっかりほぐれてしまい、家に着く頃には辺りをのんびり見回すくらいになっていた。

家に到着したら、荷物を降ろすのだが、リディにカタギリさんを任せて、俺たちだけで荷物を降ろしていく。今回は種などの植物系の品は入ってないし、問題ないだろう。

手分けすれば倉庫や家に荷物を運び入れる作業はあっという間に終わる。そして、普段であればこの後はそれぞれ自由時間だが、今日はもう一仕事あるのだ。

「別に俺たちは残ってても良いんだけど、ちょうど良い機会だしカタギリさんにも一緒に来てもらうか……」

昨日仕留めた獲物の回収と解体である。十分な人数もいるし、手伝う機会もそう多くはないだろうが、いざ手伝ってもらいたいときに全くの未経験であるよりは、一度でも見るなり体験するなりしておいてもらった方がスムーズだろう。

荷物を客間——物置の隣の予備だったほうなので、今後しばらくはカタギリさんの部屋——に入れたカタギリさんにその旨話してみると「是非」とのことであった。

家の外に再び集合する。カタギリさんの肩には小竜二匹が相変わらず留まっていたが、「出かける前に」と彼女は片方に話しかけた。

「それじゃあ、あっちでもよろしくね、アラシ」

それを聞いた小竜は「キュー」と一声鳴いて、もの凄《すご》い速度で飛び去っていく。サーミャが放つ矢もかくやと言わんばかりの速度だ。

「アラシとハヤテはこの場所とあの店を覚えましたから、これでいつでも往復できます」

「その時に文書を持たせるわけですね」

「そうですね」

伝書鳩ならぬ伝書竜と言うわけだ。通常、伝書鳩は猛禽《もうきん》に襲われるなどの事態を想定して、それなりの数を同時に放つらしいのだが、鳩より更に賢く強い竜であれば一匹でも十分任に堪《た》えるのだろう。

さっきの速度で文書を運ぶとしたら、かなり早く届くんじゃなかろうか。小さな郵便配達員さんはかなり優秀らしい。

「アラシちゃんとハヤテちゃんで、さっきのがアラシちゃんということは、こっちに残ったこの子がハヤテちゃんですか」

「ええ」

カタギリさんがハヤテちゃんの頭を撫でると、ハヤテちゃんは気持ちよさそうに目を細めた。

「よろしくな、ハヤテちゃん」

俺がハヤテちゃんに目の高さを合わせて言うと、ハヤテちゃんは「キュッ」と短く鳴いた。威嚇や攻撃の素振りは見せていないようなので、これは返事してくれたと思っていいのだろう。

「可愛《かわい》い家族がまた増えるわけだ」

「あら、じゃあ私も挨拶しないとね」

可愛いものには目がないうちのママ《ディアナ》が、カタギリさんに断ってから頭を撫でて「よろしくね」と挨拶すると、クルルとルーシーも含めた家族みんなが我も我もと挨拶しはじめ、獲物回収前のプチ歓迎会はしばらく続いた。

「さて、それじゃあ出発するか」

カタギリさんとハヤテちゃんも含めて、全員から了解の声が返ってくる。クルルとルーシーも今日二回目のお出かけが嬉しいらしく、二人とも跳ねるように歩いていった。

皆のんびりと森の中を歩いていく。先程、荷車から見ていたのとは違う景色。見通しが少し悪くなり、この森をよく知らない人であれば恐怖を感じるというのは仕方のないことなのだろう。俺やヘレンでも徒手空拳《としゅくうけん》の無警戒でぶらぶら散歩できるようなところではないわけだし。

カタギリさんがキョロキョロと辺りを見回しながら言った。

「それにしても随分と深い森ですねぇ」

「やたら広いらしいですからね」

俺も見回しながら答えた。俺の場合は周囲の警戒だが。

「私もまだ反対側までは行ったことないんですよね。あの工房は〝黒の森〟全体から見ると東側にあるんですが」

工房の位置は厳密に言えば東南東といったところか。サーミャがチラッとこっちを見た。彼女はもともと西から北にいたのだが、その湖を回り込むように東に来て……俺と出会うことになったわけだ。

「北と西の外はアタシも出たことないから、どこに出るのかは詳しくは知らないけど、あっちもこっちとそう変わらないとは聞いた。山があって、それは見えたことがある」

サーミャが続ける。その山は湖からも見えたことはないし、北方では常に雪が溶けない山があると聞いて驚いていたので、そう高くはないのだろうが。

しかし、〝黒の森〟の近くの山か。〝大地の竜〟も絡んでいることだろうし、必要がなければあまり立ち寄らないほうが良さそうな気がする。

小竜に効く薬草や好みの果実があるなら今後採集の時に確保することを考え、道々それらが生えている辺りをカタギリさんに教えながら、湖の岸辺にたどり着いた。

「うわー、広いですね！」

「ええ。正確な広さはうちの家族は誰も知らないです」

驚くカタギリさんに俺は頷《うなず》いた。山が見えないのはともかく、この湖も向こう岸が見えないくらいに広い。東から中央にかけて存在するらしいが、サーミャも南側の方へ回ったことはないため、正確な広さは分からない。

この森の西側を散策するためにボートでも作って測量もするべきだろうか。その時にうまくチートが働いてくれたらな。

でも、桟橋を作ってボート小屋も整備して……となると結構な作業量になるから、確実にまた今度になる。

それに、このあたりにはないだけでどこかにはボートを運用している人もいるだろう。

最初は湖をグルっと回ってボートを使っている人がいないか探すのも悪くないな。この湖に特有の形式があるかも知れないし。

そんなことをぼんやりと考えながら、俺はサーミャを手伝って獲物を引き上げた。今日は樹鹿だ。体高にして一メートル八〇センチはあろうかという大物である。

そもそもが相当重たい上に毛皮が水を含んでいるが、それでも力自慢の我が家の面々は岸辺への引き上げを難なく完了した。

「ひゃー、こんなデッカいのがいるんですね」

カタギリさんはこの森に着いてからずっと驚き通しだ。北方にはないような環境だろうからなぁ……。

獲物をリケが伐《き》り出した丸太で組んだ運搬台に乗せるのを手伝いながら、「北方の鹿は大きくてもせいぜい、ここで言う角鹿くらいの大きさです」と説明するカタギリさん。

その彼女が帰り道、ふと運搬台を指差した。

「あれ、そう言えば、これっていつの間に伐り出したんですか？　引き上げるまでそんなに時間なかったですよね？　前日までにいくらか伐り出しておいたとか？」

「ふふん、親方の斧《おの》ですからね！　どんな太い木も一撃ですよ！」

カタギリさんの質問に、リケが斧を担いだままふんぞり返った。以前は気持ち悪いくらいだなどと散々だったが、性能については誇らしいようである。

「……す、素晴らしい……！」

俺はまたもや驚くカタギリさんを見て、今後この人がどれくらい驚くことになるだろうか、と益体もないことを考えるのだった。

重い重い獲物を運んだあと、その獲物を文字通り吊《つる》し上げたクルルは、ディアナをはじめとする家族みんなに大層労《ねぎら》われ、機嫌良くしている。

この後はいつも「ルーシーと二人で遊んできて良いよ」と声をかける。だが、狼のルーシーはともかく、クルルもみんなが解体しているのを眺めて過ごすことが多い。

しかし、決して遊ばないわけでもない。解体が終われば普通にルーシーとそこらを駆け回ったりしているからだ。単純に皆がワイワイやってるところを見るのが好きなのだろう、と俺は思っている。

鹿の解体自体はそれなりの人数でやったこともあって素早く終わった。腱《けん》や毛皮、角など後から使えそうな素材は倉庫にしまう前に乾燥させておき、すぐに消費しない肉も塩漬けや乾燥に回す。

一通り終えると、もうすぐ日が暮れ始めるころになった。ディアナたちは今日も稽古《けいこ》をするらしい。カタギリさんはハヤテちゃんと一緒にそれを見学するそうだ。

俺は晩飯の準備を始めなきゃな。となれば、残った生肉は当然――。


「かんぱーい！」

家に乾杯の声が響く。ようこそカタギリさんの歓迎会の開始である。

「まぁ、何もない森の中の工房なもんで、大したものは出せませんが」

俺がそう言うと、ワインをあおったカタギリさんは、

「いえいえ！　とんでもない！　こんな豪華な歓待、恐縮ですよ」

そう言って実際に身を縮こまらせる。今日のメニューはカタギリさんがいることもあって、味噌《みそ》漬《づ》けにした鹿肉を焼いたものと、焼いた鹿肉をうちで採れたニンニクっぽいのと醬油《しょうゆ》を合わせたタレで味付けしたもの（味付け前の一部はルーシーとハヤテちゃんの腹に収まった）である。

あとは無発酵パンといつもの野菜と塩漬け猪肉のスープ。ちょっとだけ手間がかかってはいるが、いつもの食事とそう大差はない。

ニンニク醬油の方はカタギリさんにも、うちの家族にもなかなか好評だった。俺としてもほんのりと前の世界の味のようなものを感じて、少し心が躍る瞬間だ。

「そう言えば確かに、いろんな方がいますね」

カタギリさんが言った。歓迎会の途中、皆の自己紹介が終わったあたりで「うちはいろんな種族がいるから」という話になったのだ。虎の獣人、ドワーフにエルフ、巨人族、そしてリザードマンである。

人間族が俺とディアナ、ヘレンなので元々そうだが人間族とそれ以外、という話になれば人間族のほうが少ないことになる。

「ええ。種族的なことでも、他のことでも何かあったら遠慮なく言ってくださいね。大体のことは解決出来ると思います」

カタギリさんの言葉に頷いてそう返したのはリケである。面倒見の良さでは我が家の「お姉ちゃん」と言って過言ではなくなってきたな……。彼女が色々と気を回してくれるので、俺もついつい頼りがちになるが負担が大きくなりすぎないように気をつけよう。

一番多く話題に上ったのは当然というべきか、カタギリさんの北方での暮らしである。俺があまり話さない——というよりは話しようがないのだが——こともあって、衣服や文化について尋ねられていた。

この世界の北方のうち、カタギリさんが住んでいた地域（正確には北方の〝諸国連合〟の一邦である）、これはつまり俺が住んでいたことになっている地域でもあるのだが、安土桃山か江戸前期くらいの日本に近しいようである。

彼女が今着ている和服のようなものがあり、食事も前の世界にかつてあったようなものが多いらしい。広大な海岸線を有していることもあって漁業が盛んでもあるのだそうだ。刺身は完全に不可能としても、〆鯖《しめさば》のような酢で防腐処理した魚が入手出来ればいいのだがこっちも厳しいだろうな……。魚の〝開き〟が手に入るようなら頼んでおこう。

「服はやっぱり北方のものなんですね」

「ええ。長旅で着慣れない服は大変かと思いまして。目立ってしまうので、南方風の服を手に入れようか迷っているんです」

俺が言うと、カタギリさんは「あなたもそれで南方の服なんでしょう？」と言わんばかりに見返してくる。

俺の場合は端《はな》っからこれだったので、着替えるも何も無かったわけだが、それを言っても仕方がないので「ええ、まぁ」と曖昧《あいまい》に頷いておく。

「うちの場合どのみち目立つから、あまり気にしないでいいですよ」

ワインの杯を干してディアナが言った。彼女が指しているのはさっき話題になった種族のことだろう。他はともかく、エルフまでいるのだ。どこへ行こうと目立つことは避けられない。

俺がそんな事を言うと、ヘレンが奇妙な顔をしてから吹き出し、その笑いが家族に伝播《でんぱ》していく。

俺が困惑していると、リディが静かに言った。

「もし全員が人間族でも、男一人なのは結局目立つと思います」

「ああ……」

俺はうなだれた後、胸に湧いた奇妙な納得感を珍しく火酒で流し込む。

「あ！　そう言えば！」

突然、カタギリさんがそう言って、ポンと手を合わせた。

「エイゾウさんは刀を持ってましたよね⁉」

ズイッと身を乗り出すカタギリさん。その目はかなりキラキラと輝いていた。

「あれ、もう一度見せていただいてもいいですか⁉」

今、俺の〝薄氷〟は腰にはない。部屋に置いてある。家にいるときに佩《は》くようなサイズではないし、そもそも純然たる武器だしな。

まあ、断る理由もあまりない。俺はカタギリさんに頷いた。

「いいですよ。持ってきます」

「すみません！　ありがとうございます！」

俺はカタギリさんにヒラヒラと手を振って、自室に〝薄氷〟を取りに戻った。

「どうぞ」

「拝見します！」

俺が持ってきた〝薄氷〟を渡すと、カタギリさんは拝むように受け取り、鞘《さや》を払って刀身を眺める。それなりに酒が入っている人に刃物を渡すことへの不安はないでもないが、滅多なことはすまい。

もちろん、余程の使い手なら話は別だ。しかし、チラッとヘレンの方を見ると、酒を呑《の》みながらもカタギリさんの様子をそれとなく窺《うかが》っている。いつでも飛びかかれるような体勢ではないので、ヘレンはカタギリさんをそこまでの使い手だとは思っていないようだ。

「いやぁ、本当に凄《すご》いですね……」

カタギリさんはそんなこちらの思惑は一切関係なく、ウットリした表情で〝薄氷〟の仄《ほの》青く光る刀身を見つめる。

やっぱり北方の人は刀となると目の色が変わるのだな。まぁ、俺も刀を打ったときはテンションが上がったし、日本人とは精神的なものが似ていることが分かったのは収穫かも知れない。

◇◇◇

「本当に師匠自ら水汲《みずく》みをしてるんですね……」

「ああ、まぁね……」

翌朝、俺がクルルやルーシー、そしてハヤテと一緒に水汲みから戻ってくると、起きていたカレンに言われ、俺はそう返した。

呼び方が変わっているのは昨晩の歓迎会の最後に遡《さかのぼ》る。

「皆さん、本日はこのような祝いの場を設けていただき、大変ありがとうございます」

そろそろお開きにしようか、と皆が言い始めたとき、カタギリさんはそう切り出した。

「私はこれからしばらくこちらへお世話になります。つきましては、どうぞ遠慮無くカレンとお呼びください」

その言葉に家族から了承と歓迎の声が上がる。家族とはズレている状態だが、居候と呼んでも過言ではないだろう。

「それで、リケさんはエイゾウさんをどのように呼んでらっしゃるんですか？」

「私は〝親方〟ですね」

「なるほど……」

腕を組んで考え込むカレン。〝親方〟呼びのこそばゆい感じにもようやく慣れてきた——現実としてどうなのかはともかく、そう呼ばれることが日常になってきたというだけだが、またぞろ変な呼び方が増えるのでは、と警戒していたら出てきたのが、

「じゃ、私は〝師匠〟で。先輩たるリケさんと同じ呼び方もなんですから」

であった。なんだその気の回し方はと思ったのだが、家族、特に当のリケが了承したので、俺としてもやや不承不承ながら頷くよりなかった、というわけだ。

そんなカレンに俺は改めて説明する。

「まぁ、こんな感じで、この工房では朝の水汲みは俺の仕事だ。クルルやルーシー、今はハヤテもか。彼女たちの散歩と水浴びを兼ねてる面が大きいからな。水が足りなくなったら、表にある井戸の水を使ってくれ。誰かに断る必要はない」

「わかりました、師匠」

カレンは大きく頷いた。こういうのに慣れていくのは徐々にだな。お互い。水汲みにハヤテがついてきたのは、実は少し驚きだったが、他の二人と同じようにしてやるとご機嫌に「キュイキュ

イ」と鳴いていたから、多分明日もついてくるだろう。

「そう言えば、もう少し起きてくるのが遅いのかと思ったけど早いな」

俺はカレンにそう言った。ちなみにアンネがまだ起きてきていない。大体俺が水を汲んで戻ってきてから少し後に起きてくるので、いつもどおりと言えばそうなのだが。

「今日から早速作業ということで緊張と興奮でパッと目が覚めてしまいました」

「ふむ」

まぁ、初日ならそんなもんか。普通に寝ていたアンネが豪胆過ぎるのだろう。皇女様だが、ここまで独力で来られる実力者でもあるからなぁ……。

「いい仕事はいい飯といい睡眠からだ。美味《うま》い飯の方は俺がなんとかするとして、ぐっすり眠るほうは俺がどうしてやることもできないから、そっちは自分で頑張れ……というのもおかしいけど、よく眠るようにな。相談があったら俺とか、リケに聞いてくれ」

リディが「安眠」の魔法を知ってたりするかも知れんがそこはそれである。とりあえずは自分で眠れる方策を立ててもらうのが先決であろう。

「はい！　師匠！」

未《いま》だ慣れないカレンの返事に、僅《わず》かばかりの苦笑をしながら、俺は食事の準備に取り掛かった。

「わぁ、本当に神棚があるんですね」

食事が終わってから鍛冶場《かじば》に移動したとき、カレンが最初に目をやったのは神棚だった。

カミロの店でも、マリウスの家でも見たことがない（客に見せないところに小さな祭壇があったりするのかも知れないけど）ので、うちで北方らしいものと言えばこれになるだろう。

「二礼二拍手一礼で」

「わかりました」

前の世界でも出雲大社《いずもおおやしろ》では二礼二拍手一礼ではないし、そういう事があれば問題だなと思ったので断りおくと、カレンは素直に頷《うなず》いて皆と一緒に二礼二拍手一礼をした。北方でも一般（カレンの実家はお武家様なのでやや特殊なのだが）に知られている方法ではあるらしい。

こうして今日の作業の無事を神様にお祈りして、我が家の一日が始まった。


「じゃあ、まずはリケがナイフを作っているところから見てもらおうかな」

「はい！」

俺が言うと、カレンは勢いよく返事をした。気合いが入っていて良いことである。ただ、「いきなり親方が出張るのは流石《さすが》にちょっと」ということで、俺が見せるのではなく、まずはリケが作って見せることになった。

カレンの要望を考えれば、俺が作ったほうがいいかも知れないが、まずは姉弟子の力量を見るのも修行の一環である、と当のリケに言われたので、素直にそれに従うことにしたのだ。

板金を熱し、金床で叩《たた》いて形を作り、焼き入れをして研ぐ。その一連の作業をリケはスムーズに、手早くこなしていく。以前より速く、そして丁寧になっている。魔力を込めるのもだいぶ上達しているようだ。以前とは量が違ってきている。

あれならいつでもどこでも、それこそ帝国帝室のお抱え鍛冶師にだってなれるんじゃないだろうか。

その作業の途中、あっという間に形を作っていくリケを見て、カレンが言った。

「〝弟子〟でこのレベルなんですか」

「まぁね」

俺は肩を竦《すく》めた。カレンは再びリケの作業に集中する。かつて……いや、今もリケがそうしているように、時々手を動かしているのは、作業のコツをつかもうとしているのだろう。

そうこうしている間に仕上がったナイフをリケは俺に見せる。

「親方、どうでしょう?」

俺は受け取ってじっくりと眺める。チートで確認をしても俺の「高級モデル」と遜色《そんしょく》ない。実際交ぜても全然分からないんじゃなかろうか。

「いい出来だな。どこでも通用すると思うぞ」

「いえ、そんな。親方に比べればまだまだで……」

「レベルが違いすぎるのよエイゾウは」

俺とリケの会話に、アンネが割って入る。俺はリケの作ったナイフをカレンに渡した。

「正直、今でもエイゾウの代わりに帝国に連れて帰ったらお父様が喜ぶと思うけどね」

じゃあ、帝国のお抱え鍛冶師になれそうだという俺の見立ても合ってるのか。本人に聞いたところで断られそうな気がするが。

「ま、本人に一切その気がないんじゃ、どうしようもないわね。私は人質だし」

そう言ってウィンクをするアンネ。リケもそれを見てニヤリと笑った。

姉弟子のほうはともかく、妹弟子のほうはどうしようかな。さっきの様子を見ていると、俺の作業を姉弟子と一緒に見てもらうのが良さそうだ。

ただ、それもカレンの腕前を見ないことには始まらないな。俺はリケのナイフをじっと見ていたカレンに声をかける。

「さて、それじゃカレンの番だな。今リケが作ったのと同じナイフを作れるか？　こっちのやり方では難しいなら、他のものでもいいが」

「えっ？　いえ！　大丈夫です！　やります！」

一瞬驚いたカレンは俺にナイフを返すなり、自分の顔を両手で張って、ヤットコで板金を掴《つか》んで火床に突っ込んだ。魔法で自動的に風が送られ、炭がゴウゴウと燃え盛る火床で板金はその赤みを増していく。

ベストより少しズレた温度で、カレンはそれを火床から取り出すと、金床に置いてから、鎚《つち》で叩いていく。見たところ、魔力はこもっていない。鋼が鋼のまま形を変えていくのを見るのは久しぶりだな……。

僅かばかり低い温度だが、結構スムーズに形を整えていくカレン。

「基本はしっかりできてますね」

「筋はよさそうだ」

「ですね」

俺とリケは小声でそう言って頷きあう。習得しなければいけないことは多いかも知れないが、彼女の目標である「一振りの刀」を打てるようになるだけなら、思ったより早くここから発《た》てるんじゃなかろうか。

さすがに〝薄氷〟ほどのものは無理だとしても。

作業の速度もモタモタしている感じではない。焼き入れの温度も少しズレているが、普通に使う分には支障ない範囲の話だ。

そうして出来上がったナイフを、カレンはおずおずと差し出した。

「ど、どうでしょう……」

差し出されたナイフを俺が受け取り、眺めた。組織のムラのようなものが結構残っていたり、魔力が全くこもっていなかったりなどしているが、出来としては十分だろう。言葉を選ばずに言えば、そこらの鍛冶屋と比較して決して劣るようなものではない。

それでもカレンの父親のお眼鏡には適《かな》わなかった……というよりは認めたくなかったのかも知れないが、どちらにせよこの状態でダメだとなったら、そんじょそこらの鍛冶屋以上になるしかない。

「ものとしては悪くないと思う。そうだな……ナイフは見たから、剣のほうも見せてもらおうかな」

俺は仕上げてない短剣をカレンに見せた。

まだバリが残っているし、冷えるときに生じた歪《ゆが》みもある。焼き入れもしていなければ研いでもいないので、武器としては今のところ鉄の棒以上のものではない。

刀と短剣ではごくごく基本的な作業は似ていると言えなくもない。ナイフはできたのだし、短剣も全くできないということはないだろう。

俺の思ったとおり、カレンはおずおずとだが頷いた。

「分かりました。やったことはないですが、カミロさんの扱っていたものを見たことはあります」

「完成品はここにもあるから、参考にしてくれ」

「はい！」

カレンは今度は大きく頷くと、グッと気合いを入れると、金槌《かなづち》を手に取る。

まずはバリを取っていく。簡単なように見える作業だが、適当にやると刃になるところまで欠けてしまったりするので、気を抜いていい作業ではない。

ナイフを作った時から考えると、ここで失敗するということはないだろう。

そんな俺の考えを知ってか知らずか、カレンはスムーズに作業を進めていく。バリ取りを綺麗《きれい》に終えると、歪みの修整に取りかかった。

そこもなかなかの腕前のように見える。いや、ナイフの時を考えると、かなり上手だ。これならナイフももっと上手《うま》くできたはずでは、と思うくらいに。

しかし、歪みの修整は途中から精彩を欠くようになった。集中力が切れたのだろうか。傍目《はため》にはむしろ前よりも集中しているように見受けられるのだが……。

しかし、それでもそこらの鍛冶屋と比べても大きく見劣りするようなことはない。

「できました！」

できた短剣を差し出すカレン。それを見ると、やはりもっと上手くできたはずだと、チートの感覚も俺に伝えてきている。

「……」

「親方？」

リケに声をかけられて、俺は意識を引き戻した。引っかかる部分はあるが、出来映えとしては十分以上だ。俺は頭の中の違和感を追い出す。

「どっちも十分出来てるな。まぁ、まだやることはたくさんあるだろうが……」

「はい……リケさんのナイフを見て痛感しました……」

肩を落とすカレン。その肩を俺は軽く叩く。今は難しくてもいずれ成長してできるようになれば良い。

そんな様子を見て、リケがいたずらっぽい笑みを浮かべながら言った。

「それじゃあ、もうちょっと痛感してもらいましょうか」

俺はため息をつくと、ヤットコをひっつかんだ。さてさて、一番弟子の期待に応えるとしますかね。

俺のすることも、基本的にはリケやカレンと工程は変わらない。その精度であったり、といったことが違ってくるだけである。まぁ、その違いが大きいのも確かなのだが。

火床に入れた板金が赤みを増す。他の二人とは違い、俺はどこまで加熱するのがベストなのか、それがハッキリとわかる。火床から取り出した板金を金床に置き、鎚で叩く。

叩かれた板金はスムーズにその形を変えていく。鎚の一振りごとに魔力をこめていく。

「親方、また速くなってらっしゃる」

「じゃあ、これ以上速くなる可能性も……?」

「あるでしょうね」

「ええ……」

そんな風に呟《つぶや》くリケとカレンの声を余所《よそ》に、俺は集中を深めていき同じテンポで作業を繰り返す。

それはある種の機械のようでもあっただろう。家族の皆には「機械」というものが分からなかったとしても、その動作をするための機構であるという感想を抱いたかも知れない。

やがて、形になったナイフを熱する。ここだ、というタイミングで火床から取り出し、水に沈めるとジュウと音を立ててナイフは硬くなっていく。

ベストな頃合いで水から引き上げ、金床で軽く調整し、エイゾウ工房製の証《あかし》たる猫のマークを彫り込んでから、砥石《といし》でその全身を研ぎ澄ませれば完成だ。

俺はそれを頭上にかざして眺める。

「うん、高級モデルにしてはいい出来になったかな」

火床や炉の火を反射して鈍く輝くナイフ。その身には魔力を湛《たた》えている。

出来上がったナイフを俺はリケに手渡した。受け取ったリケはそのナイフを光にかざしている。

リケは片方の目を瞑《つぶ》って光にかざしたナイフを見ながら言った。

「あの速さでここまでのものを作られたら、辞めてしまう鍛冶師が多そうですね」

「さすがに通常モデルほどの量産は出来ないけどな」

俺が肩をすくめながらそう言うと、ナイフから目を離して、リケは笑いながら言う。

「それはそうです。こんなのがドンドン世の中に出てきたら大変なことになりますよ」

リケの言葉に俺は苦笑しながら頷いた。辛うじて一般の人間が扱っても良さそうなレベルのものだし、売り物にもしてはいるが、世の中にガンガン出回って良いものでもないだろうな。

リケがナイフをカレンに手渡す。姉弟子から受け取ったものだからか、うやうやしく、カレンはナイフを受け取った。

カレンは俺のナイフをじっと眺める。

「刃には気をつけろよ」

「はい、分かってます」

本当に分かっているのかどうか若干怪しいが、真剣な表情をしているので俺はそれ以上何も言わないでおいた。

結構な時間をかけてナイフを見たカレンは、リケにそっとナイフを返す。

「すみません、長いこと」

「いいえ、いいんですよ」

微笑むリケ。俺はちょっとした悪戯《いたずら》心で混ぜっかえすことにした。

「最初にリケが俺の剣を見たときはもっと長かったしなぁ」

あれはまだ俺が自由市で直販していた頃の話だ。あの時の剣も確か高級モデルだったか。

もう何年も前の話のような気すらしてくる。あの時リケに出会っていなかったら、どうしてただろうなぁ。大黒熊《おおくろくま》のときにあっさり移住していた可能性もある。

「あれは……まぁ、そうでしたけど」

再びナイフを眺めていたリケは俺にナイフを返しながら口を尖《とが》らせる。その直後に笑っていたので、ご機嫌を完全に損ねたわけではない……と思う。

ナイフを受け取った俺は、カレンに向き直った。

「さて、それじゃあカレン」

「は、はい！」

カレンはビシッと気をつけの姿勢になった。なにか軍事系の訓練を受けたことがあるのだろうか。いや、単に緊張の表れか。

俺はカレンにナイフを差し出した。怪訝《けげん》そうな顔をするカレン。

「いずれはこれを作れるようになれるはずだ」

チートの手助けがなければ俺では無理だろうが、とは言わないでおく。

「目指す先にはこれがある、と覚えておいてくれ」

更にこの先もあるのだが、今はそれを言うべき時でもないな。

「はい！」

「それじゃ、これはお前のだ」

「いいんですか？」

「目標は具体的なほうがいい。刀じゃなくて、すまんがな」

カレンはおずおずとナイフを受け取った。さっき眺めた時以上におっかなびっくり、という感じである。

「それでも『よく切れる』から気をつけてな。扱い方はサーミャかリケに聞くといい。持ち手やなんかは自分でやってくれ」

カレンは手に持ったナイフを見つめながら、静かに頷《うなず》いたのだった。


俺の作業が終わり、今からもう一仕事するには中途半端なので今日の作業を切り上げたあと、カレンを剣の稽古《けいこ》をする皆と一緒に外に出してから鍛冶《かじ》場を片付けてしばらく。

「せっかくだし、温泉へお湯を汲《く》みに行かない？」

と言い出したのはディアナだ。秋に入ってきて、涼しくなってきたとは言っても、鍛冶場の暑さは汗をかくのに十分だし、稽古で身体を動かせば更にだろう。温泉の湯に浸《つ》からずとも、それで身体を清められれば気持ちいいだろうな。

となれば、家族の皆も特に反対意見はなく、クルルと俺だけでも十分なところでも、ちょっとした散歩代わりにと全員で連れ立って汲みに来たのだが……。

平和そのもの、と言っていい光景がそこにあった。俺の肩のＨＰは順調に減り続けている。

排水用の池に狼と狸《たぬき》に鹿、そして兎《うさぎ》が一緒になって浸かっていた。これを平和と言わずしてなんと言うだろうか。一様に目を閉じてうっとりしている。それなりに間隔を空けているのは互いへの配慮だろうか。

しかし、この様子だと時間帯が違うだけで、猪や熊、虎も浸かりに来ている可能性が高いな。まぁ、それはそれでここらで〝悪さ〟をしなければ、別段止めだてするつもりもないのだけど。

クルルやルーシー、ハヤテの様子を見ても「なんか皆来てるね」くらいの感じで、特に警戒や威嚇はしていないので、悪さを働くような動物は今のところいなそうだ。

もしかすると、リュイサさんあたりがそうなるように手を回しているかも知れない……というか、俺たちが来そうにない昼の時間にあの人が入ってる可能性は結構あるな。

「わぁ、凄《すご》いですね」

目を輝かせてカレンが言った。滞在がしばらくの間とはいえ、これから先何度か目にする光景にはなるだろうが、楽しんでもらえるならそれに越したことはない。

「こっちは皆が浸かってるから、水路の方で汲むか」

「そうだな」

俺が言うと、サーミャが頷いた。森の皆の邪魔をしても悪いし、衛生的にも良いとは言えなそうだしな。

空きの瓶二つを水路に沈めて湯を汲む。傍らではカレンが水路の湯に手を付けていた。もちろん瓶で汲んでいるより下流側である。

「本当に温泉が湧いてるんですね。よく探し当てましたね」

「まぁね」

感心しきりのカレンに俺は答えたが、実際にはこの〝黒の森〟の主であり、この世界の根幹である〝大地の竜〟の精神体の一部に、温泉が出る場所を直接聞いたわけなので、出ないはずがない。

今はそれをカレンに言っていいことでもなさそうなので、控えめに自慢するに留《とど》めておく。

「まだ浸かれないんですよね？」

「森の皆が浸かってるのは排水用の池だからなぁ。あそこに浸かれなくはないだろうが、目隠しも何もないし、浸かれるように整備もしてないからオススメはしない」

「と、言うことは湯殿か何かを作るんですか？」

「そうだな。湧いているあそこと排水用の池の間に湯殿を建てて、そこで湯に浸かれるようにするつもりだよ」

「私がいる間に建てるならお手伝いしますね！」

カレンは勢い込んで言った。温泉と聞いて居ても立ってもいられないのは、前の世界でもこの世界でもあまり変わらない性《さが》なのだろうか。一人でも人手が多い間に着手するのは有効だと思うので、本人がいいなら早めに取り掛かることも考えるか……。帰るまでがその分長くなってしまうが。

少しして、湯で満たされた瓶二つをクルルの首にかける。彼女は一声嬉《うれ》しそうに鳴いて、家からそう離れていない距離を戻る。

温泉の湯は身体を拭《ふ》いたりするのには良さそうだが、まだ飲用や調理用に流用する勇気はない。衛生的な話もあるにはあるが、魔力が多く含まれている水（湯）が身体にどう影響するのかがよく分からないからだ。

森の動物たちが浸かっているので、少なくとも浸かる分には何も起きない……はずだが、経口摂取するとなるとまた話は変わってくる。

前の世界の神話でも「異界の食べ物を口にすること」は特別なことを意味していたわけだし、特別なものを飲む、食べるといった場合の影響は多少気にしたほうがいいだろうな。

この世界の食事をさんざん口にしている俺が言うことではないかも知れないが。

そうして戻ってくると、伝言板の上に小さな影を見つけた。俺や他の家族も知っている姿だ。

「アラシ！　戻ってきたのね！」

カレンに言われて、アラシは「キュッ」と短く鳴くとこちらに向かって飛んできた。足にはかなり小さいが手紙らしきものがくくりつけられている。カミロからの通信だ。

「俺が開けても？」

「ええ、もちろん」

俺の言葉に頷くカレン。俺はそっとアラシの足から手紙を外すと、固唾《かたず》を飲んで見守る家族の視線の中、手紙を開いた。

カミロの直筆なのだろうか、あまり達筆とは言えない文字で手紙に書かれていたのは大した内容ではなかった。

要約すると「しばらく街を離れるので、次の納品は三週間後でも良いか？　二週間後でも番頭さんが応対できるからどっちでもいいけど、どっちにする？」という話である。

そこに都では侯爵とマリウスがドタバタしてるっぽいが詳細は現在不明、というちょっとしたニュースのようなものが付け足されてはいたが。

「これは、内容がどうこうよりも単に手紙が届くかどうか試したかっただけだな」

納品日を三週間後にするのかどうか確認しておきたかったのは確かだろうが、どっちでもいいならとりあえず番頭さんを残しておけばいいだけだ。この世界では貴重な通信手段である小竜を使うまでもない。

すわ一大事か、と身構えていた家族たちはすっかり「なぁんだ」と肩を落としている。俺も心情的にはそっちに近い。

「まぁ、いざ使おうと思った時に実は届いてなかった、とかあると困るからなぁ」

「それはそうです」

俺が言うと、リディが頷いた。彼女は自分の住んでいた森が大変なことになったわけだし、その時にこういう高速な通信手段があれば、と思ったのかも知れない。

そんないざという時に困らないよう、こういう比較的どうでもいい内容で事前に確認しておいたほうがいい、というのは道理だと思う。最悪、返事が来なければ番頭さんを置いておけばそれで問題ないのだし。

「さて、早めに返したほうがいいかな。アラシたちは日が沈んでも平気なのか？」

俺はカレンに向かって言った。あたりはもう暗くなりつつある。視覚にのみ頼っているとしたら、今日返すのは止《や》めにして明日の朝イチにしたほうがいいだろう。むざむざ迷子にさせることもない。

だが、カレンは頷いた。

「夜目はある程度きくみたいです。それに、あまり見えなくても場所を覚えればたどり着きます。

一度ここ《ヽ》とあそこ《ヽ》を行き来してるので、もう行き方は覚えてるはずです」

「分かった」

カミロはそのあたりも見込んでこの時間に着くようにしたのかな。いざという時が晴天の昼間とは限らないわけだし、ある程度の悪条件を見込んでおくのも当然ではあるか。

「それじゃあ悪いが、ササッと返事を書こう」

俺が言うが早いか、リケが家に飛び込むように戻り、紙とペン、インクを持って戻ってくる。

「ありがとう」と言ってから受け取り、紙には簡潔に「じゃ、三週間後で」という内容を記した。

侯爵とマリウスの件も気にはなるが、今聞いてどうこうなるものではなさそうだしな。

書いた手紙を確認していると、横から覗《のぞ》き込んできたカレンが言った。

「字、綺麗《きれい》なんですね」

「そうか？」

「ええ」

カレンは頷き、今度は俺の目を見て言う。

「やっぱり、ちゃんとした教育を受けていらしたんですね」

「まさか」

俺は苦笑した。実際この世界での教育は受けていない。字が綺麗なのはウォッチドッグに貰《もら》ったチートの影響でしかないのだ。

そのように説明するのは、それこそまさかなので言ったりはしないが。今のところ家族も俺の家名は伏せてくれている。カミロからの手紙にも「エイゾウ」としか書かれていなかったし。

いや、待てよ。

「魔法を使ってて教育を受けてないってことはないと思います」

「あー……」

そうだった。いつものことなので、食事の準備や作業の準備でホイホイと使ってしまっていた。まぁ、あれも教育を受けて使えるようになったわけではないのだが……。

「まぁ、教育を受けたことはある」

勿論《もちろん》、前の世界で、とは言わない。

「じゃあ、家名もあるんですか?」

カレンはずっと俺の目を見ている。真実を見通そうとするかのように。

「あるにはあるが……」

タンヤという家名というか、名字はある。「タンヤ家」が実際に北方に存在するのかどうか、細かいところは〝インストール〟の知識は教えてくれなかったが。

「では、名前はなんと?」

真意を見定めようとするようにカレンは言った。なんだか食い下がられているような気もするが、カレンも家名がある。北方人だし、関係のある家の人間かも知れないと思えば、気になるのは普通だろう。

それに師匠として、あまり身分不詳すぎるのもあまりよろしくないかも知れないな。

インクが乾いたのを確認して、アラシの足にくくりつけてやった後、俺は小さくため息をついた。

そして、カレンに名前を告げる。

「エイゾウ・タンヤだ」

「タンヤ家……?」

怪訝な顔をするカレンに、俺は肩をすくめた。

存在するならするで「隠し子の出奔」ということにするし、しない場合は「偽名」ということで通す。

「エイゾウさんは、なぜここに?」

「まぁ、色々あってね。ちょっと話せない……いや、話しようがないことだから、家族にも言ったことはない」

俺は深く、細く息を吐いた。

「まぁ、俺はこの森に住んで、のんびり鍛冶屋をやっていきたいだけのおじさんだよ。単なるエイゾウって名前のね」

一瞬の沈黙と緊張が走ったが、結局カレンは「タンヤ」という俺の家名についてはそれ以上触れないことにしてくれたようだ。代わりに、カレンはアラシの頭を撫《な》でる。

「それじゃあ、お願いね」

アラシは「キュイキュイ」と鳴き、ハヤテの「キュッ」、クルルの「クルルゥ」、そしてルーシーの「わんわん!」という声に送られて、カミロの店へと飛び立って行く。

「さーて身体を拭いたら飯の支度だ！」

それを見送った俺は、大声でそう言って家の扉を開いた。

温泉の湯は、魔力を含んでいるからだろう、汲《く》んでから結構時間が経《た》ったのにまだ十分に温かかった。

うちではそれぞれの部屋に湯を持っていって身体を拭いている。リケやヘレン曰《いわ》く、それは「贅《ぜい》沢《たく》な話」であるそうだが、居間でうら若い女性がもろ肌脱いでってのは転生してきた身としては看過しにくいんだよな……。

リディは個人の部屋だったらしいが兄と二人暮らし、サーミャはそもそも森を転々とする暮らしなので、この辺のことはピンと来ないらしい。いわば「どっちでもいい組」とでも言うべきカテゴリである。

アンネはもちろん、ディアナの「お嬢様チーム」は実家では個人の部屋があったので違和感はないそうだ。

なので、「身体を拭くのは自分の部屋でね！」って要求が俺が元貴族だった説を補強している状況なのである。

そして夕食時カレンに聞いてみると、

「自分の部屋ですか？　ありましたよ」

とのことだった。家の様子を聞いてみると、概《おおむ》ね俺が想像したような〝武家屋敷〟といった感じ

のようだ。つまり、

「えーっ⁉　紙で仕切られてるの⁉」

ディアナが飛び上がらんばかりに驚いた。障子や襖《ふすま》のようなものが存在するのはこの世界でも同じらしい。この工房も鍛冶《かじ》場だけは耐熱も兼ねてなのか石積みの箇所があるが、基本的には木製だからな。

俺は苦笑してディアナに言った。

「木の骨組みの引き違い戸に紙を貼り付けてあるから、紙で仕切ってるってのはちょっと誤解があるな……」

スマホなんかで実物を見せられればあっさり解決するのだろうが、想像だけではそう言った誤解も仕方のない部分はある。前の世界のマルコ・ポーロのようなものだ。

「もちろん、木だけで出来ているものもありますよ。私の部屋とかはそうです」

いわゆる板襖で襖紙を貼らないタイプのやつかな。前の世界だと檜《ひのき》板に日本画が描かれているものがあったりして、なかなかいいなと思ったものだ。一般の（前の世界で言う）現代的なご家庭に導入するようなものではないが。

「うちに畳はないが、不便だと思ったらカミロに頼んでおくから言ってくれ。戸襖なら作れると思うし」

爺《じい》さんの家では畳に布団だったのを思い出し、少し懐かしさを感じながら俺は言った。流石に壁を襖に替えるのは無理だが、扉を戸襖に替えるくらいのことはしてもよかろう。施錠はつっかえ棒とかで可能だろうし。いや、俺にとっては懐かしのねじ込むアレでもいいな。

「いえ、大丈夫ですよ。昨晩も寝る分には普通に寝られましたから。師匠だって慣れたんでしょう?」

「いや……うん、そうだな……」

俺の場合は慣れたというか、実家も一人暮らしになってからも洋間にベッドだっただけなのだが。それは言わずにおいておく。洋間にベッドのほうが慣れてるのは事実だ。

「家にも板の間がありましたし、平気です」

「それならいいんだ。なんかあったら言ってくれよ」

俺はホッとして頷《うなず》いた。食うものと寝る場所は後から響くからな……。気持ちよく寝られないと、いずれ心身ともにガタが来る。しばらく会社での椅子寝を続けたことがある俺の実体験だ。

「それで、三週間……納品物の作業を除けば二週間まとまって空いてしまったわけだが、どうしようかね」

俺は話題を切り替える。いつもの二週間なら一週間を納品物の製作にあてて、一週間でカレンの修行に付き合いつつ、俺もなにか新しい物をと考えていたのだが長く時間が取れるのなら、以前も考えたように今のうちに人手が欲しい作業――つまりは湯殿だが――を進めるのが得策なようには思う。

だが、当然ながらその分カレンの帰還が遅れるわけで、一刻も早く帰りたいだろうカレンにとっていいことではあるまい。

「湯殿を作りましょう!」

しかし、真っ先にそう言ったのはカレンだった。

「えっ、いいのか？　帰るの遅くなっちゃうだろ？」

当然の疑問を口にしたのはサーミャだった。うんうんと他の家族も頷きながら心配そうにカレンを見ている。

「ええ！　先程の湯は大変良いものでした！　早く浸かってみたいです！」

キラキラと目を輝かせ、今日一番元気なんじゃないかというテンションでそう言ったカレンに、俺たち家族は慈しむような、残念な子を見るような、そんな複雑な視線を送るのだった。

3章　温泉は大事

そして俺たちは湯殿の建築を始めた。もちろん目標はこの二週間（厳密に言えば二週間ほどということになるが）での完成だが、それが厳しいことも自覚はしているつもりだ。

なんせ作るべきものが部屋の増築とは異なるうえ、その数がそれなりに多いからである。つまりは半分手探りということになるわけだ。

多少はチートのおかげで楽ができるとは思うが、それでも限度はある。まぁ、最低限女湯が整備できれば目標達成、と言えるだろう。男湯は「付けたり」のようなものだし。

それでも、ないのとあるのとでは大違いであろうと、まずは設計図から始めることにしたのだが、かろうじてチートが手助けしてくれる範囲のようで、あまり時間をかけずに設計図が出来上がった。

それを囲んでリケが言う。

「ははぁ、ここで服を脱ぎ着するんですか」

「そうそう、その後ここで身体《からだ》を洗ってから、ここで湯に浸《つ》かるんですよ」

答えたのはカレンだ。後ろから覗き込んだヘレンが疑問を口にする。

「そのまま入ったらダメなのか？　アタイは泉で水浴びするときはそのままだけど」

「温泉の場合は、北方ではあまり行儀のいい話ではないですね……」

「へぇ」

カレンの答えに、ヘレンは感心したように頷く。行軍中の水浴びはのんびりするわけにもいかんだろう。そもそも冷たい水ではそこで温まるという概念がないだろうし、仕方のないことではあると思う。

「どのみち身体を綺麗《きれい》にするのに、綺麗にしてから入るのか？」

そう言ったのはサーミャだ。まぁ、そうなるよな。言っていることはよく分かる。今回はかけ流しだから、湯も入れ替わるわけだし、湯の汚れを気にする必要があるのかと問われれば、そこまではいらないかも知れない。

「浸かってみたら分かるよ」

「そんなもんかね」

「そんなもんだ」

言って俺は小さく笑う。あの感覚は慣れないと分からん気はする。うちだと魔法もあって実感しにくいが、湯というものは本来燃料と水を消費するものなのである。

薬効的なものがあるとはいっても、貴重な燃料と水を大量に消費してやることが基本的には身体を温めることだけ、というのは理解しにくくても仕方のない話だろう。

「よし、とりあえず木材の運搬と区割りをはじめるぞー」

俺がそう言うと、皆から「はーい」とか「おう」とか返ってきて、家の外にぞろぞろと出ていった。

木材の運搬、それはつまり、うちではクルルの独擅場《どくせんじょう》である。俺とヘレンも手伝いはするが、クルルが引っ張っていく効率に比べると遥《はる》かに劣ることは否めない。一本でも運んだほうがマシではあるので、腐らずにエッホエッホと比較的軽いものをヘレンと一緒に、あるいは手分けして運んでいる。

その間に他の皆は設計図を参考に、「このあたりに柱」「このあたりは壁」「ここから湯を溜めるところ」などを、杭《くい》やその他を使って示す作業をしていく。

木材の運搬とこれが終わったら、後はそれに従って作っていくだけである。もちろん、簡単な話ではないのだが。

杭打ちはリケとディアナがやって、縄で区割りをしていったりするのはその他の皆、ルーシーとハヤテは応援団である。

当初ハヤテは特にやることもないし、お留守番かなと思っていたのだが、カレン曰く「ついて来たがってる」とのことだったので連れてきた。

木材運搬の合間に見てみると、今は一旦《いったん》応援をお休みしているらしいルーシーの背中でくつろいでいる。

ルーシーもいずれ立派な狼《おおかみ》になるだろう。そのときの彼女がどういう選択をするか、その選択の結果はしっかり見守っていこうと思う。

夕暮れ前、ようやく必要そうな木材の運搬を終えた。ここからは足りなければ周囲の樹々《きぎ》から調達することになる。リュイサさん曰く「気にしなくても、ここらの木が多少減ったくらいじゃなんともない。将来的にも大した影響は出ない」そうなので、その時が来たら遠慮なく伐採するつもりではある。

まぁ、それでも少ないに越したことはなさそうだし、何よりその分作業時間が増える——伐採は一瞬だが——ので、この獲物の引き上げのたびに切ってきた木材で足りてくれるといいんだが。

区割りをしている方も終わったらしく、設計図を見ながら「ここで脱いで」みたいなことを皆でキャッキャとしている。先はまだまだ長いが、俺にはそこでのんびりと過ごす家族の姿が見えたような気がしたのだった。

◇　◇　◇

建築の前準備をした翌日、皆が現場へ向かう準備をしてくれている間、カレンにはナイフ作りの途中までをやってもらい、その出来を見て俺がアドバイスをしたり、途中からをやって見せたりした。ちょっとした朝練だな。

終わればもちろん、建設現場へ向かう。

「こうやって改めて見てみると、なかなかの規模だな」

「これくらいなら大丈夫でしょ」

区割りを終えたところを眺めて言った俺の言葉にディアナが返して、俺は頷いた。

女湯の方だけでもうちの倉庫くらいの広さがあるだろうか。逆に言えば、既に建築した経験のある大きさだということである。なので、そちらのほうはあまり心配していない。

むしろ気になるのは湯船の方だ。それなりの広さを掘る必要があるし、そこまで湯を持ってこないといけない。魔力のおかげで中々冷めにくい湯なので、湯の流れるルートを確保してしまえばなんとかなるのが救いだな。

湯船はとりあえず大きな木の浴槽でよかろうということになっている。設置箇所を掘るのは縁の高さを下げて湯を流しやすくするためで、そのまま浴槽にしていくわけではない。

掘るのは俺とヘレンの仕事である。通常こんなときに活躍するはずのクルルは、重機として建築のほうで頑張っている。

力持ちチームの一角であるアンネも背の高さを活《い》かせることもあって、建築のほうに回ってもらっている。サーミャとリケは俺よりも建築については経験があるので、二人も建築に回ってもらったのだ。

まぁ、そんなに他のみんなとは離れていないので、もし厳しくなればサーミャかリケか、あるいはディアナの手を借りるようにすればいいだけである。

「よいしょ」

ショベルに載せた土を、影響のない方に向かって勢いよく捨てる。掘り起こされた土がペイントのように地面の色を変える。掘り終わったら土を纏《まと》めてどこかに置いておかないとな。石もいくらか交じっているので、あとで大きめのものだけ適当に分けておこう。

ヘレンの強さは速さにあることは間違いない。だが、速いだけで敵を打ち倒せるわけがないのも道理だ。彼女の引き締まった肉体はその膂力《りょりょく》も十分高いレベルで備えている。

今、俺の目の前でその力を遺憾なく発揮していて、大きなプリンをショベルで食っていくが如《ごと》き早さで土を掘っている。

とは言え、俺が一度掘る間に二度三度と掘っていくヘレンも、体力が無尽蔵にあるわけではない。まぁ、無尽蔵と思うほどであるのも事実なのだが。

彼女が一息入れたところで、俺は話しかけた。

「いつも凄《すご》いと思ってたけど、久しぶりに相対してみると実感するな」

「なにを？」

「お前の速さと力だよ」

「そうかな？」

「傭兵《ようへい》に戻ったら引く手数多《あまた》だろうな、と思うくらいにな」

「アタイはこういう何も考えなくていいのは得意だからね。あっちみたいなのも嫌いってわけじゃないけど」

そう言ってヘレンは振り返った。向こうは向こうで柱を建てたり、筋交いを入れたり、板を切り出したりとワイワイやっている。

陣頭指揮はリケが執っているようで、ごく狭い範囲ながらもあちこちに行って忙しそうだ。

「ここでのんびりしてるのも、実はアタイの性に合ってると思ってるんだよな」

眩《まぶ》しそうに目を細めて、ヘレンは他の皆を見やる。

「ほとんど毎日、剣の稽古《けいこ》で身体も動かせてるし、クルルとルーシーもいるし」

掘っているところへ向き直ったヘレンは、ザクッと音をさせてショベルを地面に食い込ませる。

「戦ってるのが嫌だったってことでもないけど、もうしばらくはここにいさせてくれ」

ショベルに盛られた大量の土をヘレンは放る。力が入りすぎたのか、結構な広範囲にそれは散らばった。彼女は「あちゃー」と言って、ショベルを器用に使って掘った土が小山になりつつあるところへ纏めた。

彼女がここにいたいのなら、それを断る理由は俺にはない。

「もちろん、追い出したりはしないよ」

俺がそう言うと、ヘレンはにっこりと笑って、ショベルを地面に突き刺した。

ヘレンが機嫌よく掘ってくれたおかげもあってか、浴槽設置予定場所の掘削はスムーズに進んだ。

傍らにはちょっとした小山が出来ていて、振り返れば前の世界のパルテノン神殿のように柱が林立した光景がある。その脇で一人、へたり込んでいる姿。カレンだ。

俺は運んできた水瓶《みずがめ》からカップに汲《く》んだ水を飲む。横ではヘレンが同じようにして水分補給をしている。

別のカップに水を汲んだ俺は、それをカレンに差し出した。

「休憩は適度に取れよ。水もちょいちょい飲んどけ」

「はいー、皆さんにもそう言われましたぁ。それでここで休んでるんですー」

差し出されたカップの水を一気に飲み干すと、尻尾《しっぽ》でペチペチと地面を叩《たた》きながらカレンは言った。作業の邪魔になりそうだからだろう、長くてスッと流れていた髪を今はひとまとめにしていた。

やったのは「みんなのお姉ちゃん」リケだろうか。

カレンは人心地がついたのか、ふう、と息を吐き、忙《せわ》しなく動き続ける皆を見て言った。

「私のいる部屋とかも皆さんで作られたんですよね？」

「そうだな」

最初に用意してもらっていたのは、居間に書斎と寝室、そしてトイレに台所というシンプルな住まいと鍛冶《かじ》場だけだ。サーミャとリケの部屋からは自分たちで作ったものである。

増築に増築を重ねた、カレンのいる居住棟……と言っていいのだろうか、まぁそんなようなところは言わずもがなで、空いている部屋は物置代わりの一部屋のみとなっている。

あそこもいずれ増築するんだろうか。そろそろ二階建てなんかを考えたほうがいいのかも知れないが、鍛冶場の熱気が流れ込んだりしたら厄介なので、もしやるとなったらそれも考えないとな。

「私にもそういう経験があれば良かったんですけど」

「いや、言い方は悪いがうちのがおかしいだけだ」

再びため息をつきつつのカレンの言葉に、俺は苦笑しながら返す。エルフとドワーフはともかく、建築経験のある伯爵家令嬢と帝国皇女はどう考えてもおかしいでしょうよ。

「アンネさんは身分の高い方だと伺いました」

「うん。本来は俺が拝謁賜われるかどうか怪しいくらいのな」

今ここではただのアンネとして、俺や家族から指示を出したり手伝ってもらったりしているが、本来あくまで一介の鍛冶屋のオヤジでしかない俺が、継承権最下位クラスとはいえ帝室に名を連ねる人物に対して、おいそれとお目通りがかなうはずがないのである。

カレンにはまだディアナとアンネの本当の身分は明かしてない。情報セキュリティの観点もあるにはあるが、それよりも「これ以上情報を与えてパンクさせたくない」ほうが大きい。

なので、ここにしばらく滞在するなら、いずれ伝えることになるとは思っているし、ディアナやアンネの判断で伝えることは特に制限していない。

カレンもディアナの方はある程度察しがついているかもしれないが、アンネの方はどうだろうな。かなり身分が高いことは分かっているだろうが、皇女殿下とまでは思ってなさそうだ。

「それなのに、ああやって働いていて……」

フッと目を細めるカレン。

「なんだかいいなぁ、って思いますね」

「本当に？」

「本当ですよ！」

俺がからかうと、カレンはわざとらしく怒ってみせた。うちでは彼女だけがゴールが見えている。リケも見えてはいるのだが、かなり遠いので一旦はノーカンだ。

そんなに長くならないだろうが、馴染《なじ》んでくれるといいな、そう思っていると、

「カレン！　ちょっとここ手伝ってくれない？」

「はいー！　今行きます！」

アンネがカレンを呼び、カレンはパタパタと走っていった。どうやら俺の心配は杞憂《きゆう》に終わりそ

うだ。なんとなく嬉《うれ》しくなりながら、俺はヘレンと作業に戻った。

浴槽、と言うと大層なものに思えてしまうのだが、要は前に作った貯水槽と同じものではある。今回は中に人が入ることもあって底もキッチリ作りきる、というだけだ。

ちなみに貯水槽は新しく井戸が出来てその日の水には困らなくなったことで、すっかり出番を失いつつあるが、それでも消火その他緊急用水としての役割は果たすだろうとそのままにしてある。飲用や調理用には使わないので、いずれ苔《こけ》むして良い感じの侘《わ》び寂《さ》び感が出るだろうか。今うちでそれが理解できそうなのはカレンだけだが。ただの黒カビとかだったらやだな。

浴槽の設置スペースはそれなりの大きさになった。ということはつまり、浴槽もそれなりのサイズになる。

幸いにして、と言っていいのかはわからないが、たんまりと作ってもらった板材は元の木が大きかったこともあって〝枠〟を作るには十分なサイズだ。

「とりあえず、大きさを決めちまうな」

「おう」

俺はヘレンに声をかけて、板を手早く長方形に組む。板は端を凹の字と凸の字に切り欠いて、それを噛《か》み合わせ、釘《くぎ》でとめる。釘は半ば仮固定のようなもので、水気を含んで膨らんだ板がそれぞれ噛み合ってとまってくれる……はずだ。

水圧で緩んでこないかという問題は、掘った穴に埋めることで解決できる……と思いたい。ギリギリ生産という判定なのか、そのあたりはいまいちベストが出てこないのだ。

ひとまずは手早く一列だけ組んで穴にあわせてみる。こっちはバリバリの生産なので、一発でピッタリのサイズなのが分かった。後はこれに底と横をつければ完成である。

上に板を積むように重ねていく都合上、上辺と底辺に当たる部分も凸凹が噛み合うように加工する。底板の場合はそれが左右の辺で必要になるというわけだ。

ほとんど同じ作業を繰り返すので、俺は凸凹を彫っていく作業に集中し、組み上げるのをヘレンに任せることにした。彼女なら力もあるし、育ての親の影響もあってか手先もそれなりに器用なのだ。

完全に器用でないのは生みの親……前の世界風（?）に言うと遺伝子は侯爵のほうだからな。豪《ごう》放磊落《ほうらいらく》を絵に描いたようなのに知恵も回るあの御仁だが、決して手先が器用そうではないな。

日がそろそろ作業の終わりを告げる頃になったが、まだ浴槽は半分程の高さまでである。そうは言っても今日の作業量を考えれば十分すぎるくらいの進捗《しんちょく》と言っていいのだし、不満はない。

そして振り返ると……。

「おー、結構進んでるじゃないか」

「だろ?」

俺が感心すると、ドーンとサーミャが胸を張った。こちらもまだ完成には程遠いと言えるが、それでも「どんな感じの建物なのか」は分かるくらいになっている。柱が立ち、屋根の梁《はり》がかけられている。地面からそう高くはないが床板は一部がもう張られていた。

これはもしや二週間要らないかもしれないな……。いや、建造物に時間がかからずとも、その後に湯を引いてきたりといった作業まで入れれば、結構な時間をとることは想定できる。

まだまだ時間はあるのだ。焦らずに、時間が余れば休日にすればいいやくらいの気持ちでやっていこう。途中で手入れは必要だろうが、今後何十年とお世話になるはずの施設なんだし。

「よーし、それじゃあ今日は終《しま》いにしよう」

俺がそう言うと、皆から「はーい」と返事（もちろんクルルとルーシー、ハヤテからも）が来て、俺たちは道具を一箇所にかため、短い家路についた。もちろん、帰る前に温泉の湯を汲んだことは言うまでもない。

今日みたいに何かを具体的に作り上げていった日は、飯が進むような気がする。

作業量的には昨日の木材運搬や縄張りもそれなりに大変だったし、俺とヘレンは昨日のほうが肉体を酷使したとすら言えるのだが、それとどれくらい身体が食事を欲するかは別なようだ。

まぁ、そんなわけで並べた飯がモリモリと減っていっているわけである。

前の世界のアニメ映画で、空賊一味がこんな感じになってるシーンがあったな。あれは料理を作ったのは女の子で、食ってるのが男だったけど。

「食材の備蓄は足りてるよなぁ」

そんな心配が口をついて出るほどには皆モリモリ食べている。俺の言葉を聞いたリディが上品に口の中のものを飲み込んでから言った。

「物置の食品棚のはないですけど、倉庫に塩漬けのと干したのとがまだ沢山ありますよ」

「じゃあ、食糧の確保という点では狩りに出る必要はあんまりないのか」

「そうですね」

リディは頷《うなず》く。ちなみに彼女は所作が上品に見えるだけで、食べるスピードは他と負けず劣らずである。

うちにおける食材は、消費より貯蔵するペースのほうが若干早い。倉庫の保存食は徐々に増えている状況だ。今は古いものから消費していけば大丈夫だが、そのうち廃棄を考える時が来る可能性は十分にある。

そこで、燻製《くんせい》することにより長く保存できるようにすれば貯蔵しておける期間が延びる。なので、燻製小屋を建てて燻製を作れるようにしておくのは意味のあることだろう。

ただ、そこまでして貯蔵可能な量を増やさねばならないという程でもない。一人とちょっと分消費が増えて消費と貯蔵のバランスが少し良くなったわけだし。温泉の湯殿が終わった後に何を作るかは別途考えどころかも知れない。

とは言え、だ。今現在、食材の乾燥設備として役に立っているのは鍛冶場なのである。火や高温の物体を扱っていて気温の高い時間が長く、空気が乾燥している、という点が何かを乾燥させるのに適しているのは確かだ。

確かなのだが、いささか生活感が出過ぎなのが、ずっと引っかかっている。まぁ、森暮らしの鍛冶場と考えれば、逆に風情があると言えなくもないし、鍛冶場も生活空間の一部と言われればそうなのだけれど。

煙を煙突から排出するかどうか選択できるような、ストーブのようなものを置いた小屋を用意すれば乾燥小屋としても、燻製小屋としても使えそうだし、鍛冶場の生活感問題も解消するのだ。いつ切り出すかはさておき、いつかは進言してみるか……。

「森の中でこんな生活できたら十分すぎますよ」

ワインをあおりつつ、そうヘレンに言っているのはカレンだ。ヘレンは「そうだよなぁ」とか言いながら笑っている。

カレンが来てまだ二日かそこらなのだが、すっかり我が工房に馴染みつつある。〝同じ釜《かま》の飯〟の効果だろうか。今も醤油《しょうゆ》と果実ベースのタレで猪《いのしし》肉を煮豚っぽくしたものを「おお……これは……」などと言いながらモリモリ食べている。

「確かにこれは酒とまでは言わなくても、米が欲しくなりますね」

カレンの言葉にリケが相槌《あいづち》を打ち、カレンは頷いた。リケはまだくだけた話し方にはなっていない。

「そうなんですか？」

「北方の私たちのあたりは何でもかんでも米と一緒に食べようとするんですけどね。米の上にこういうのをのっけて食べる人もいました。行儀が悪いからって、うちではできませんでしたけど」

リケがほほぅと感心し、その横で俺は黙って頷いた。あらゆるものを一旦《いったん》は米の上にのせて丼として食おうとする文化があるのは、この世界でもそう違いがないらしい。

一方で、丼ものを「行儀が悪い」と忌避する感じも根強くあるようだ。少なくとも「お武家様」のところで出せるような食事ではないようである。

「作業のほうはどうだ？　鍛治とは勝手が違うし、まだ慣れてないと思うが」

言ってから、娘に様子を聞くお父さんみたいだなと思ったが、まあいい、心情的にはそう変わらない。カレンの年齢次第では、実際に親子くらい歳《とし》が離れているかも知れないんだし。

「そうですね、今は慣れてなくて大変ですけど、みなさんもいますし、すぐに慣れると思います」

カレンはそう言って小さく笑った。ワインをぐいっとあおったアンネが続ける。

「手先は器用だし、言われたことの理解も早いから、エイゾウが心配するようなことは今のところないわね」

「そうか、それじゃあ頼んだぞ」

「はい！　師匠！」

カレンが冗談めかして返事をすると、食卓に笑い声が響く。そしてそれは、確実に明日の活力に変わっていった。

◇◇◇

今日もカレンの朝練に付き合ってから建築現場に向かった俺は最初、自分の目を疑った。

しかし、それはすぐに納得へと変わっていった。

いつかこうなるとは思っていた。そうならないはずがなかったのだ。今までを考えてみれば当然だ。

俺は目にしたものを言葉にした。その光景を確定させるかのように。

「虎……だよな？」

俺が口にした言葉に、サーミャが返した。俺の肩のＨＰは今日も順当に減っている。

「虎だな……」

俺たちが目にしているのは、鹿や兎《うさぎ》、狸《たぬき》と一緒にのんびりと湯に浸かっている虎だ。傍らでは小鳥も羽で湯を巻き上げて気持ちよさそうにしている。

その湯が虎にもかなりかかっているのだが、虎は意に介した風もなく、目をつぶってのんびりしている。そして、その耳はこちらに向いているから、こちらの存在にも気がついているはずだ。

それでも、虎はのんびりと湯に浸かったままである。

「まぁ、特に何もしないで温泉に浸かってるだけならほっとくか……」

「そうだな……」

俺とサーミャは顔を見合わせてそう言った。さて、作業にかかろう……。

今日の作業はいわゆる「昨日の続き」だ。俺とヘレンが浴槽を作り、他のみんなで湯殿を建てていく作業になる。釘を打ったり、木を削ったりする音が森の中に響く。

作業のとき、皆の間にはあまり会話はない。時々、言葉少なに指示や相談の声が飛び交うくらいだ。そこに、時折ルーシーの「わんわん！」という声が混じる。

ふと見てみると、ルーシーとハヤテが追いかけっこをしていた。カレンによれば年齢はともかく、ハヤテはあの大きさで既に成竜なのだそうだ。あそこより大きくなられても困るのも事実だが。

ともあれ、〝一番上のお姉ちゃん〟（クルルはまだ成竜ではないらしいので）のハヤテが〝妹〟のルーシーをかまってやっている状態である。

自分が子供だった時、親父《おやじ》もこんな気持ちで俺を眺めていたのかなと、少し感慨深い気持ちになりながら、俺は自分の作業に戻ろうとする。そこへ、ヘレンが声をかけてきた。

「エイゾウ、なんだか今すごく優しい目をしてた」

「そうか？」

「ああ」

「まぁ、うちの可愛《かわい》い娘たちだからな。親が見ればそうもなるさ」

「ハヤテも？」

「そうだな。もううちの娘みたいなもんだなぁ」

来てそんなに経っていないのだが、「うちの家族に優しくするならそいつも家族だ」みたいな、ちょっと暑苦しいかもしれない認識がある。

俺の答えに、ヘレンは「そうか」と優しい顔で微笑《ほほえ》むと、彼女も自分の仕事に戻った。

作業の間に昼食や休憩（クルルたちと遊ぶのを含む）、そして排水池の様子を見に行ったりした。虎はいつの間にか立ち去っていて、姿が見えなくなっていた。暴れた様子は見受けられないので、大人しく浸かって帰っていっただけのようである。

今は比較的おとなしい類の動物たちが浸かっていて、森狼もいないので肉食獣がここに来ることはそんなにないのかも知れない。まぁ、時折様子を見て、事故があるようならその時に対策だな。

危なそうなら草食獣のほうが勝手に逃げてくれるとは思いたい。

「ちょっと釘《くぎ》が足りなくなってきたかな」

浴槽を作っている最中、釘を入れている容器を見ると、底が見えてきていた。

ヘレンに断って他の皆が使っている釘の容器を確認しに行くと、こちらもだいぶ目減りしている。

湯殿はそれなりの大きさの建造物である。全てを釘でとめることはなくても、それなりの数を消費してしまう。

釘が無くなれば補充するまでの間の作業効率が格段に落ちることは、火を見るよりも明らかだ。

俺の仕事が少し止まっても、釘を追加しておいたほうがいいだろうな。

俺は再びヘレンに断ってから、家に戻って鍛冶《かじ》場の扉を開けた。

魔法で火床の準備をしていると、鍛冶場の扉が開き、そこにはカレンが立っていた。

「あれ、どうした？」

カレンは皆と一緒に湯殿の建築をしていたはずだ。そう思っていると、彼女はモジモジしながら言った。

「いえ、師匠が家に戻るのが見えたので、鍛冶仕事するのかなぁと。見て良いですか？　皆さんには断ってから来ました！」

「ああ……」

彼女の目的を考えれば、別になんでもない理由だった。

「皆が良いって言ってるなら、断る理由はないな。釘を作って終いだが、いいか？」

「ええ、勿論《もちろん》！」

釘作りは大した作業ではない。チートの手助けを借りれば、ではあるが。

火を入れた火床で板金を熱し、タガネで分割して細い角棒に整えたら、今度は頭になる部分を平たく円盤状に延ばす。

そうしてできた円盤付の角棒の円盤を再び熱してから、クルクルと丸めて頭にする。

最後は頭とは逆の側を三分の一ほど熱してから叩《たた》いて尖《とが》らせれば完成である。

もちろん、これは一本を作る工程だから、頭を熱している間に尖らせる方の加工をするとか、そういったことをしなければ量産はできない。

勿論、作業としてはバリバリの鍛冶仕事であるので、チートは全力で手伝ってくれるわけだ。量産するときには、どの順番で作業すれば効率が良さそうかもなんとなく分かる。

なので、流石《さすが》に機械で作るような速度では無理だが、それでも速さとしてはかなりの速度で釘が出来上がっていく。

「凄《すご》い、あんな速さなのに釘がほとんど揃《そろ》ってます！　長さも、太さも」

カレンが手に釘を取ったらしい、チャリチャリという金属音がする。

俺は作業から目を離さず言った。

「これくらいなら、そんなに時間をかけずにできるようになると思うけどな」

今は魔力をあまりこめていないから速くできる。その分は精度で頑張ればいい。

つまり、作業と魔力の扱いに多少慣れればできるようになってくるので、カレンでもできるはずだ。

「そうですか？」

「うん。本当にそう思ってるよ」

作業と作業の合間、俺はカレンを見てそう言った。

「じゃあ、頑張ります！」

グッと気合いを入れるカレン。鍛冶場に笑い声が響いた。


そうして、釘を作ったあとも順調に時間は過ぎていき、浴槽は完成した。湯殿や目隠しの壁が今はないので、森の中に突然浴槽があらわれたような見かけになっている。

「俺たちが入る分には問題なさそうだが、こっちに小さい子……小さい動物が入っちゃわないように蓋《ふた》しておくか」

「そうだな。板持ってくるよ」

「頼んだ」

「おう」

そう言ってヘレンは駆けていった。そちらには壁の一部が出来上がりつつある湯殿の姿が見える。今であの様子なら明日に出来るということはないだろう。男湯のほうもまるまる残っているし。

あらためて浴槽を見る。地面に半ば埋まっている浴槽だ。まだギリギリ明るいので浴槽だと分かるが、夜中になれば一種の落とし穴として機能しかねない。

明日もここへは来るから、万が一落ちてしまって上がれなくなった動物がいたとしても、救助は出来ると思うのだが、数が多かったりすると厄介だし、少しの間でも怖い思いをさせるのは本意ではないからな。

パタパタとヘレンが板を担いで戻ってくる。そこそこの重さだろうに、軽い足取りだ。浴槽が完成したのが嬉《うれ》しいのもあるだろうな。

「持ってきた！」

「おう、ありがとう。じゃ、軽く打ち付けとこう」

「わかった」

俺とヘレンは浴槽の上に少なめの釘で手早く板を打ち付けた。打ち付け終わったところを一見すると大きな井戸のようだ。

俺は、木の板でなく、湯をはったところを早く見てみたいなと思いながら、道具を片付け始めるのだった。

◇　◇　◇

翌日。今朝はまずリケが釘を作るところからはじまった。昨日の俺の作業で補充はできているが、予備を確保しておくのは損ではないし、昨日俺の作業を見ていたカレンにもやってもらうことで、ちょっとした朝練みたいな意味合いもある。

湯殿ができたら、ナイフ作りの練習を本格的に始めてもらえば良さそうだ。

リケとカレン以外の皆は先に出て湯殿の作業の準備をしてくれていて、俺は親方そして師匠として、二人の釘作りの作業を見守る。

「ええと、昨日師匠がやってたのは……」

カレンは思い出しつつ作業している。テキパキと進めているリケがいるので、余計にモタついているように見えてしまうが、ここでの作業にはまだ慣れていないから、そこはしかたのないところだろう。

結局、リケとカレンで、できた釘の量には大きく差が出てしまった。

だが、質に関してはカレンもリケに及ばずとはいっても、なかなか良いものができているようだ。

鍛冶場の片付けをしながら、俺は言った。

「ここでの作業に慣れたら、刀が打てるようになりそうな気はするな」

「そうですね。成長速度で言えば、私もうかうかしていられません」

俺の評価に頷《うなず》くリケ。

「いえいえ、まだまだです」

師匠と姉弟子の評価に身体を縮こまらせて恐縮するカレン。

「よし、それじゃあ皆のところへ合流して今日の作業だ」

『はい！』

外に出ると、今日も空は抜けるように青く高く、森のみなさん向けの温泉は賑《にぎ》わっていた。今日は肉食獣は来ていない。

しかし、野生の動物たちがこうも浸かりにくる、ということは泉質的な何かがあるんだろうか。今のところ揉《も》め事《ごと》も起きていないようだし、リディも何も言わないので、悪影響があるわけではないみたいだから特に何か対処しようとは思わないが。

いずれ俺たちが浸かるようになったら分かるか。

「今日は昨日と同じ感じで、男湯の方だな」

「わかった」

ショベルを担いだヘレンに俺が言うと、彼女は大きく頷いた。

今日これからやることは昨日までと全く一緒だ。しかし、地面を掘る範囲は狭く、作る浴槽は小さい。そして、最近やったことのある作業で習熟度合いが維持されたままである。

となれば、当然のことながら……。

「結構あっという間に片付いたなぁ」

「そうだな」

今度はヘレンに言われて、俺が頷いた。目の前には地面に埋まった浴槽がある。大きさは女子とは比べるべくもない。二〜三人が入れるかな、くらいだ。なぜかうちには男があまり来ないからな。なぜなのか問いただせるなら、ウォッチドッグに問いただしたいところだが。

時間はまだ昼飯を食い終わってからさほど経っていない。日暮れまでにもう一つ同じものを作れと言われてもできそうだな。

「今日は一旦《いったん》向こうを手伝おう」

「そうだな」

肩をぐるぐる回しながら、俺とヘレンは皆がトンカンやっている湯殿に向かう。と言ってもほとんど真後ろだ。

その湯殿にしても、もう床はだいたい張り終わっていて、後は壁と屋根の一部を残すのみという感じまで進んでいたのだが。

俺は陣頭指揮を執っていたディアナに声をかける。

「もうこんなに進んでるのか、早いな」

「あら、エイゾウ。そうね。カレンの要領もいいし、手分けしてできてるから」

ディアナはちらりと浴槽の方を見てから、俺に答えた。カレンの手先の器用さは、彼女が示した鍛冶の腕前で俺も知っているし、このところ作業している様子を見ても大丈夫そうだった。

北方から来る前に何をどれくらいやってきたのか、まだその全てを聞けてはいないが、今朝の作業を見ても、今後しばらく、うちの工房で作業していくにあたって何ら支障はない、と思って良さそうだな。

「こっち手伝おうか?」

「う〜ん、そうねぇ」

ディアナはおとがいに指を当てて考える。下手に俺たちが入って作業が遅れてもよろしくはない。

その判断は作業を指揮していたディアナに任せよう。

少しして、ディアナは判断を下した。

「こっちは今のメンバーで大丈夫だと思うわ。それより、お湯を引いてくる樋《とい》か、ここまでの渡り廊下の準備をしてもらったほうがいいかも」

「なるほど、それはそうだな。わかった」

「よろしくね」

「おう、任された」

俺は胸をドンと叩く。ディアナと俺は顔を見合わせて笑った。

ヘレンのもとに戻った俺は、早速彼女に相談した。まずは樋をやるか、廊下をやるかだ。

「てことで、どうする？　俺はどっちでもいいが」

「身体動かせるほうがいいかなぁ」

頭の後ろで手を組んだヘレンが言った。ふむ、それなら。

「廊下をやるか。ちょっと伐《き》らないといけない木もあることだし」

「おっ、それなら任せとけ！」

ヘレンは袖《そで》をまくりあげたかと思うと、斧《おの》を取りにすっ飛んでいく。俺はそれを笑いながら見送る。ヘレンは〝迅雷《じんらい》〟の二つ名を体現するかのように、すごい速さで戻ってきた。

「で、どれを伐るんだ？」

「えーと、家があっちだから……」

家のある方角を見た。なるべく木に被《かぶ》らないルートを取ったとしても、避けるのでなければ数本の木がルート上にある。それらは伐採して取り除き、ありがたく木材として利用させてもらうのだ。

俺はその伐採する木に近づいた。

「これと……これと……ここもか」

どれを伐ればいいのか分かりやすいよう、ナイフでバツ印をつけていく。あんまり深くつけるとその部分が使いにくくなるが、浅いと今度は見えにくい。ただのマーキングだから、あまりチートも働かないのでやや慎重に行った。

「よっしゃ！　任せろ‼」

マーキングを終えると、ヘレンがそのうちの一本の前で斧を構え、勢いよく振りきる。前の世界のプロ野球選手もかくやというほどの見事なスイング。それが木に当たったところで「コーン」と大きな、しかし小気味よい音が森に響いた。

斧が当たった木は一見すると何事も起きていない。だが、俺たちは知っている。このあと何が起きるのか。

はたして、思ったとおり木はズルズルと斧が当たったところからズレていき、やがてズズンと音をたてて倒れた。切り口は製材したかのように綺麗《きれい》である。

「次はどれだ？」

倒した獲物には興味がない、と言わんばかりに次の標的を探すヘレン。さすが歴戦の傭兵《ようへい》、と妙な感心をしながら、俺は「あれだな」と次の標的を指示する。

木を伐ったとして、大事なことがある。それは「切り株の始末」だ。いつもなら、木を伐った後はそのまま放置している。

サーミャ曰《いわ》く、

「根っこが生きてりゃ、また伸びてくるのもある」

らしいので、森林環境の保全的な意味でもそのままにしているのだ。それもあってリュイサさんが「好きに伐っていい」と言っているんだろうけどな。

次に同じ大きさまで育つにはかなりの時間がかかるだろうが、それでも死ななければ次があるのだ。

だがしかし、である。今回は渡り廊下を通す。となれば切り株があっては当然ながら邪魔になるのだ。

「よし、行くぞー」

「おう！　よい……せ……っとぉ！」

「クルルルルルル」

俺が声をかけ、ヘレンと湯殿チームに断って呼んできたクルルと一緒に、切り株に結びつけた縄を引っ張る。

俺とヘレンの筋力が他の家族より優れているほうだと言っても、どうしても重機のようなものの手助けが必要になるので、しばらくクルルの手も借りることにしたのだ。

あっちの効率が多少落ちることにはなるが、向こうも力自慢の家族はたくさんいる。

……というか、リディとカレン以外はほとんど皆、力が強いからな。太い柱を立てたり、梁《はり》をかけたりといった作業は終えていて、あとは板くらいなものなので、効率が落ちると言ってもさほどではない、という俺とディアナとの判断である。

一応、そっちの進捗《しんちょく》がヤバくなったら教えてくれとは言ってある。

切り株は周囲を含めて軽く掘りだし、太い根っこも切ってあるが、それでも巨体を支えていた根はヤワではない。「うんとこしょ、どっこいしょ」という言葉が頭をよぎる。あれはカブだったか。

長らく抵抗を続けていた切り株ではあったが、それでもいつまでも抵抗できるものではない。やがて、ズズッ、ズズッと地面から引《ひ》き剝《は》がされていく。

そして、なかなか派手な音を立てて横向きに倒れた。根っこの太さや長さが、この木のこれまでを物語っていた。その後にはポッカリと大穴が空いている。

「すまんな」

思わず俺は手を合わせた。実際に神様や〝大地の竜〟、それに樹木精霊《ドライアド》に妖精《ようせい》族なんてものがいるこの世界ではあるが、この木にもこの木の歴史があったのだろう。それを思うと、なんとなくだがそうしたくなったのだ。

それを見てなのか、ヘレンも手を合わせ、クルルも目を閉じて頭を下げる。俺がよしよし、とクルルの頭を撫《な》でると、クルルは嬉しそうに「クルルルル」と小さく鳴いた。

空いた穴には浴槽を埋めるために掘り出した土をあてた。温泉掘りの時に出た土も使えるので、多分埋めきれるはずだ。

穴を埋めたら次に取り掛かる。またも三人の全力だ。

「ふぬぐぐぐぐぐ」

「うぉりゃああああああ！」

「クルルルルルル！」

力を合わせて、力いっぱい縄を引っ張る。ミチミチ、と縄が音を立て、切り株を引き起こしていく。そうやって二つ終えた頃には作業を終えるのにいい時間になっていた。

いや、いい時間でなくても切り上げただろう。なぜなら、

「さすがに……限界だ」

「そうだな……」

「クルルゥ……」

三人とも疲労困憊《こんぱい》だったからだ。いや、クルルは俺たちに付き合ってるだけにも見える。普段重い荷物を運んでも平気だし。

でもまぁ、マラソン的な力と短距離的な力では力の出しかたが違ってくるだろうし、その影響も多少はあるだろうな。

「よーし、帰るか……」

俺はそう言って、皆にも作業の終了を伝える。皆から返ってくる了解の声を聞きながら、明日は筋肉痛で動けない、とかなってないと良いんだがと思いながら、腰をトントンと叩《たた》くのだった。

「かなり助かってるわよ？」

夕食のとき、カレンは慣れてきたか？　という話になった。まぁ、来て間もないのでしょっちゅうそういう話になるのは避けられまい。

そこでディアナから返ってきたのがこの返事というわけだ。

「器用だし、何より〝温泉〟のことを知ってるから、どういうものを作ればいいか分かってるしね。カレンがいなかったら、エイゾウに聞かないといけないことがあったと思う」

「ああ、なるほど」

そう言えば、浴槽を埋める時も、渡り廊下の作業中も特にディアナたちに呼び止められるようなことはなかった。気がつけば作業が進んでいて、床や壁、そして天井の面積がモリモリ増えていた。

その功績はカレンに帰するところ大、というわけだ。そのカレンはディアナの評価が嬉《うれ》しいのか、少し目がキラキラしている。

俺はカップのお茶を一口飲むと、ディアナに向かって言った。

「じゃあ、もう完全にそっちに任せちゃおうかなぁ。分かんないとこはまずカレンに聞いてくれる方式のままでいいし」

「え、いいんですか？　師匠の理想の体現でしょう？」

そう言って、カレンが目を丸くした。俺は苦笑を返す。

「いや、体現てほどじゃない。他に北方っぽいのを知ってる人間がいないだけで」

「ううむ。しかし、今更ですが私が出しゃばりすぎていませんか？」

「うちは来てすぐでも関係なしだから気にしなくていい。ディアナたちに何か聞かれて迷ったら、遠慮なく俺に回してくれていいから」

ここに来て本当に間もない人間にいきなり監修をぶん投げる、というのはなかなかにブラックな気もするがフォローはするし、もうそれなりに湯殿が出来てきている今、新たに確認しなければいけないようなことはほとんどないはずだ。

それなら任せてしまって、こっちはこっちの作業に集中したほうが良い……というのは甘いだろうか。あとはちょっとの難関を乗り越えたほうが仲良くなりやすいのでは、ということもある。前の世界だと文化祭の準備で急に仲良くなることがあるような。

まぁそれで仲良くなれるかは「人による」としか言えないので、これで逆にギクシャクしはじめるようなら、渡り廊下チームに組み込んで、ディアナたちがわからないところは俺が随時対応する形をとるようにしよう。

そんな俺の思惑を知ってか知らずか、カレンは少し考え込んでいる。あまり無理強いするのもよろしくないな、パワハラっぽくなってしまうな、と思ったとき。

カレンはグッと自分の胸の前で握りこぶしを作り、

「分かりました！　がんばります！」

と気合いを入れた。どうやら乗り気にはなってくれたようだ。

「あんまり気負いすぎても良くないから、程々にな」

俺は小さく苦笑し、残っている鹿肉の醤油《しょうゆ》ベース焼き肉（風）を口に運ぶ。俺もお気に入りだが、カレンがことのほか気に入ったようだ。作業で空腹だったこともあるのだろうが、うちで一番の健《けん》啖家《たんか》のリケに負けず劣らずのペースでヒョイパクと口に運んでいた。

そのカレンにはサーミャとディアナが狩りについての話をはじめ、今度の狩りには一度カレンもついていくという話が進んでいた。

早速、仲良し作戦の効果があった、と思って良いのだろうかこれは。狩りに行けば一日鍛冶《かじ》の仕事を見る機会が減るわけだが、もう既に湯殿の建設という全く関係ないところをやってもらっているし、そこの監修を任せようというのだから、それこそ今更の話というものだろう。

カレンのここでの暮らしが少しでも楽しいものになればそれでいいかと、何を狩ろうかワイワイ打ち合わせをする家族を見つつ、俺はもう一枚焼き肉を口に運ぶのだった。

◇　◇　◇

のんびりと、しかし、確実に湯殿と渡り廊下の建築は進んでいく。作業をはじめて一週間を迎える頃、湯殿は外観もできてきていた。

カレンの朝練もほんの僅《わず》かだが進んでいる。とは言っても、見違えるような腕前になってきている、というわけでもないのだが。

朝練を終えて未完成の温泉へ向かう道すがらリケが言った。

「ふーむ。これはもう少し何かを変えたほうがいいのかもですね」

「いえそんな！　先輩のお手を煩わせるなんて。私にもうちょっと才能があれば……」

「基本はできてるし、きっかけがあれば伸びると思うので、頑張りましょう」

「はい！」

そんな話をしながら、温泉の建設現場にたどり着くと、カレンが監修を任されて張り切ったのか、湯殿の正面には和風……いや、北方風の破風《はふ》っぽいものも設置されている。それもあって全体的に北方な印象を受ける。

いや、なかなか良いものだなと思って眺めていると、隣に来て屋根を見上げながらディアナが言った。

「湯船の周りはまだなんだけどね」

「じゃあ、脱衣所のあたりはもう出来たのか？」

「ええ」

ディアナが胸を張って答える。他の家族も誇らしげにしている。それでは、ということで確認も兼ねて、脱衣所まで入れてもらうことになった。

入り口は正面の時点で男女に分かれている。今回は広いほう、つまり、女風呂《ぶろ》のほうに入っていく。今しか入れないからな。

なんとなく悪いことをしているような気分になりながら、北方とこのあたりの文字で「女」と書かれた入り口を入り、すぐのところにある引き戸を開ける。戸には鳴子が取り付けてあって、それが派手に鳴り響いた。もし誰かが入ってきたらこれで分かる、というわけだ。

ここに戸があるのは排水池に動物たちが入っているのを考慮して、湯殿には入って来ないようにするためである。向こうは向こうで折を見て拡張して入れる数を増やせないか検討しよう……。

恐る恐る中に入った俺の目があるものを捉《とら》えた。立方体の箱が並んだ形をした棚がある。下段に小さい箱が、上段にはそれが大きくなった箱が並んでいた。

「おお、ちゃんと下足箱が別にある」

「ゲソクバコ……ですか？」

俺が感心すると、リディが小首を傾《かし》げた。ここらだと裸になるときは全部まとめるのが普通だから馴染《なじ》みがないか。うちでは俺も脱がないし。

「脱いだ靴を入れておくところだよ。脱いだ服を入れておくところとは別になってる」

「へぇ」

前の世界では確か元は脱いだ草履だの下駄《げた》だのを言わば人質のように預かっておく意味があったとかなんとか聞いたことがある。真偽の程は定かではないが。

下足箱、と言えば木札の鍵《かぎ》が定番ではあるのだが、ここのには戸はなく開口したままだ。基本的には家族しか使わないしなぁ。

「さすが、お目が高いですね師匠」

「いやぁ、北方人的には気になるからなぁ」

カレンに言われて頭をかきかき、ぐるりと目をやると脱衣所の隅にちょっと中途半端な大きさのベンチが二つほど設えられている。

多分、あれは端材でリケあたりが作ったのだろう。端材だから大きさが中途半端なんだな。それでも温泉で火照った身体を冷ますにはちょうど良さそうな大きさだ。

「良いじゃないか。男湯のほうも同じになってるんだろ?」

「ええ。大きさは違ってますけど左右対称で、基本は同じですよ」

俺が聞くと、リケが答えた。基本そこを俺一人で使うことになる。ちなみに、時間で男湯女湯を分けることをしなかったのは、男の客が来たときに面倒がないようにすることがまず一つある。

他には広いところを贅沢《ぜいたく》に一人で使うのは俺の気が引けるのと、気分的なものでオッさんと共用は嫌だろう、ということでそうしたのだが、別にしてあるのはそれはそれで作業が増えているので、なんだか申し訳ない気になってくるな。

「自分で図を作っておいてなんだけど、出来上がってくると印象が違うなぁ」

なんとなし、感慨深い気持ちになりながら、湯船の方の入り口に立つと突然景色が抜けた。まだ湯船のところまでの床(少し高くして排水できるようにする)と、壁が出来ていないから、森の景色が広がっていて、その中にぽつんと浴槽が鎮座している。これはこれで風流、と言えなくもないが……いや、流石に駄目だな。俺は苦笑しながら頭を振った。

「結構適当にぶん投げたのに、良く出来てる。良いと思うよ」

俺が振り返ってそう言うと、湯殿を作っていた皆から歓声が上がる。

「それじゃあ、明日は休みにするか」

「いいのか?」

サーミャが目を輝かせた。狩りに行くタイミングを見計らっていたのだろう。次のにはカレンも連れて行く約束をしていたから、待ち遠しかったに違いない。

「ああ」

サーミャに俺が頷《うなず》くと、案の定サーミャを含めた皆はそれじゃあ狩りに行くか、誰が何をして……という話をはじめる。

今後はここがそういう話をする場になるのかな。そんなことを思いながら、俺たちは湯殿を後にした。


「あれ？　師匠と先輩は行かないんですか？」

「ん？　ああ、俺とリケはお留守番だよ」

目を丸くしてカレンが言い、俺は頷いた。何回か誘われてはいるし、俺もリケも体力的には問題ないのだが、足手まといになるのはな、という事で遠慮しているのだ。

俺は一度サーミャと二人で行ったことがあるけど、俺が弓の扱いに慣れていなくて危うく獲物を逃がすところだった。

それでも前の世界で弓を扱ったことがない俺が、完全に狙いを外して明後日《あさって》の方向に矢を飛ばしてしまうということもなかったから、ウォッチドッグの言う「最低限」の能力は貰《もら》えているのだろう。

とは言え、餅《もち》は餅屋だ。〝黒の森〟のプロたるサーミャに一切を任せ、後は希望者で行くのが良かろう、ということでこの体制なのである。

ええ〜、とかなんとか言っていたカレンだったが、皆に促されると弓を担いで出ていった。何かあったときのためにと、ハヤテも連れて行っている。

今までなら連絡手段がなかったため、何かあっても俺たちは家でやきもきしながら待っているしかなかった。家の周りくらいなら平気だが、それ以上となると迷うリスクがあるし。

今回はハヤテがいてくれるので、何かあれば彼女が名前の通り疾風《はやて》の速さで飛んできてくれる。手紙がついていなくて彼女だけ戻ってきた場合は相当の緊急事態が発生した、ということになる。それが分かるだけでもかなりありがたい。

前の世界で親が俺にポケベル（のちに携帯電話に換わったが）を持たせた気持ちが少し分かったような気がした。

「さてさて、俺たちもちょっと仕事しますかね」

俺は家の中に戻りながらぐいっと伸びをした。一週間……いや、三〜四日もあれば納品物を揃えられるので、かなり余裕はあるが、予《あらかじ》め用意しておいて損になるようなものでもない。

時間が余ったらのんびり出かけるなり、カレンに鍛冶の手ほどき——と言っても見取り稽古《けいこ》とリケによる指導になるが——なりすればいい。

朝の拝礼は皆が狩りに出かける前に済ませてある。鍛冶場に入った俺は火床に火を入れた。

火床に火が熾《おこ》り、その熱を上げ、板金を加工するのに適した温度になった。ヤットコで板金を掴《つか》み、火床に入れて熱する。やがて適した温度になったら、金床において鎚《つち》で形を作っていく。

コンコンと熱された鋼を鎚で叩《たた》く音が鍛冶場に響く。やがてそれはリケのものとあわせて合奏のようになっていった。

いくつかナイフを仕上げた頃、リケが火床に入れた板金の様子を見ながら言った。

「そろそろ獲物を見つけた頃ですかかね」

「運が良ければそうだろうな」

時間は昼少し前。獲物が見つからなければ一旦《いったん》昼飯にしようかと言っているだろうが、運が良ければすでに獲物を追っていてもおかしくない。今日は猪と鹿のどっちだろうな。

「まぁ、それが勢子《せこ》をやらなきゃいけないカレンにとって、運のいいことかどうかは別だけど」

獲物が早く見つかるということは、それだけ早く勢子の役目が回ってくるということでもある。獲物を射手が待ち構えているところに追い出す役目、ということはつまりそれだけ動く必要がある。

最近はルーシーが猟犬ならぬ猟狼《りょうろう》として優秀らしいのだが、まず勢子をして森の様子を知るのはうちの伝統だ……と、アンネの時にサーミャとディアナが言っていた。

いつの間に伝統になったのかは知らない。サーミャはともかく、ディアナはこの森に来てそんなに経ってないのではと思うのだが、あまり森に出ていない俺と違ってディアナのほうが詳しいのは確かだから黙っておいた。

「カレンさん、大丈夫ですかね」

「北方からここまで来るくらいだし、このところ力仕事が多かったけど、すぐへばったりしてる様子もなかったから平気だろ」

カレンはお武家様の出である。うちには伯爵家ご令嬢で体力があるのと、帝国皇女で体力があるのがいる。

それに、カレンにはここまで来る度胸もあるわけだし、なんとかなるだろうと俺は思っていた。

「もう……無理です……」

そんな俺の考えは、床に転がったカレンという形で否定された。え、そんなに？

「今日は一段と長く追いましたからね」

リディが静かにそう言った。エルフも意外と体力がある。元々森に暮らす種族なのだから当たり前と言われればそれまでだが。

アンネが苦笑しながらカレンを抱きかかえる。

「私がはじめてやったときはあそこまで長くなかったけど、それでも完全にへばったからね」

そう言えばアンネも床に転がってたな。ここで暮らし始める前だったかすぐだったか。もう随分と昔の話のように思える。

「森の動きは草原や町とは違うからな。慣れてなかったら仕方ない。アタイでも慣れるまではちょっとかかった」

アンネを手助けしながら、ヘレンがそう言った。体力に自信のあるヘレンでそれなら、恐らく並か少し上のカレンでは厳しかっただろう。ちょっとで慣れてしまうヘレンが化け物レベルとも言える。

俺は各々の部屋に引っ込んでいく皆の背中に声をかける。

「夕飯の支度を進めとくから、皆は身体を綺麗《きれい》にしといてくれな。湯は汲《く》んできてあるから、自由に使ってくれ」

「はーい」と全員から（カレンはかなり弱々しかったが）答えが返ってきて、俺は台所へ向かった。

さて、今日は疲労を回復できるようなメニューにしますかね。

◇◇◇

翌朝、カレンは身体のあちこちを揉《も》んでいた。聞いた話ではコケたりはそんなにしていなかった、と言うから打ち身や擦り傷よりも筋肉痛だろう。筋肉痛って炎症だから揉まないほうが良いんだっけ？

そういうわけなのかはわからないが、リディお手製の解熱の薬草を磨《す》り潰《つぶ》したペースト（臭いはあまりよろしくない）を使った湿布を貼ってもらっていたので、すぐに痛みはおさまるだろう。若いみたいだし。俺に言わせれば、そもそも翌日に来てくれるのが若さの証《あかし》だ。

俺も少し若返っているので今はそれほどでもないが、この世界に来る前はなかなか来てくれなかったりしたものである。この世界でも年々来るのが遅くなるんだろうな……。そんなに身体を動かすことがどれくらいあるのかはやや疑問だが。

「ま、今日のところはあまり無理しないようにな」

「はい。師匠」

肩を落とすカレン。その肩をサーミャが軽く叩くとカレンが「うっ」と少し痛がり、サーミャがオロオロしてヘレンに、

「すぐ治るし、命に関わるようなもんじゃないから平気」

と教えられたりしていた。サーミャは筋肉痛になったことがないのだそうだ。羨《うらや》ましいような、そうでないような。

カレンがそんな状態なのだが、一応我が家のルーティーンとして昨日仕留めた獲物の回収と解体には付き合ってもらうことにした。もちろん、彼女に力仕事はさせずに、何をするのかを教えるため見ていてもらうだけであるが。

いつものとおりにクルルとルーシーも含めてみんなで湖へ赴き、獲物――今回はとんでもなく大きな猪だった――を岸に引き上げたあと、木を伐って作った運搬台に載せてクルルが引っ張っていく。

ちなみに今日は、ルーシーも少しだけ引っ張るのを手伝ってあげていた。クルルが引くロープの一部を咥《くわ》えて、よいしょよいしょと歩く。どれくらい助けになっているかはわからないが、こういうのは気持ちの問題だ。俺の肩のＨＰは今日も順調に減ったが。

そのお手伝いも長くは続かず、ルーシーはすぐにクルルの隣より少し前に並んで歩き始め、そのまま家までたどり着いた。もうかなり大きくなってきて、子狼から「子」をとってもいいんじゃないかなと思える体躯《たいく》になってきたが、それでもまだまだクルルのお手伝いを十全に果たすには力が足りないのだ。

ルーシー自身はあまりしょげたりせずに、ちょっとでも手伝えたことが満足なようで、家に着いてからクルルの前に〝おすわり〟をして尻尾《しっぽ》をパタパタ振っていた。そして俺の肩のＨＰがまた減るわけである。なんかカレンの肩よりも俺の肩を心配すべきではないかと思えるが、それは言わぬが花というものであろう。

家族みんな手慣れたもので、大きな猪はあっという間に肉の形になる。カレンはそれをキラキラした目で眺めて言った。

「皆さんナイフの扱いがお上手ですね」

「もうそれなりの回数やってるからねぇ」

若干の苦笑をしつつ、そう答えたのはディアナだ。彼女はここに来た当初、どうやって肉にしているのかも知らなかったほどだ（それについては俺も大差ない）が、今はテキパキと解体をこなすようになった。

そのうち、カレンもチャチャッとこなすようになるのだろうな。俺が彼女にそう言うと、

「頑張りますね！」

と気合いを入れていた。これから、それこそそれなりの回数こなすことになると思うし、鍛冶《かじ》の腕を上げるとともに頑張ってほしいところである。

「さて、それじゃあ建築の続きをやりますか」

俺が言うと、全員から了解の声が返ってきた。そして俺は、道具を持って行こうとするカレンに声をかける。

「カレンくん、君には重大な仕事を与える」

そう言われたカレンは怪訝《けげん》そうな顔をした。俺はエヘンと咳払《せきばら》いをして宣告した。

「君には今日一日、〝ルーシーの遊び相手係〟を命じる！　筋肉痛が酷《ひど》くならない程度でよろしくね！」

ワンワンと尻尾を振って喜ぶルーシー、もう完全に顔に「それ、私がやりたい」と書いてあるディアナ。そんなことをして良いのかと若干オロオロするカレンをよそに、我が工房の家族は道具を持って湯殿建築へと向かっていった。

疾風《しっぷう》。その速さは、そう表現するのが正しいように思える。同じ意味のハヤテと名付けられた空飛ぶ竜とは違い、この疾風は地を駆けた。

黒い疾風が地を駆けていき、そして戻ってくる。

「わん‼」

疾風は咥えていたものをカレンの前に置くと、きちんとおすわりをして尻尾をパタパタと振った。疾風とは言うまでもなくルーシーのことである。

再びカレンが縄で作ったボールを筋肉痛にやや苦労しながらも放り投げる。ルーシーは放物線を描いて飛ぶボールの落下点を見極めて走っていき、地面に落ちる前にキャッチした。

「随分と走るのが速くなったな」

俺は渡り廊下として敷く木の板を肩に担ぎながら、カレンとルーシーのやり取りを見て言った。

同じく木の板を担いでいたヘレンが、またボールを投げてもらい全力で走るルーシーを見て言う。

「狩りのときに毎回連れてってるからなぁ。地面がガタガタなのにすげぇ速度で走る。山岳には連れてってないからわからないけど、森の中を含めた平地なら、とっくにアタイより速いはず」

「そうだったのか」

ヘレンは頷《うなず》いた。かなりの間合いでも一瞬で詰めてくる速度を誇る彼女だが、それよりも速いとなると疾風だと思った俺の感覚はおかしくないってことだな。

作業を続けながらも様子を窺《うかが》っていると、あの速さで何往復もしているのに、ルーシーはあまり疲れた様子もない。おそらくは魔物化していることが一番の要因だろうと思う。

俺がルーシーの遊び相手に任命したカレンも「ただの狼にしてはやたらとスタミナがある」ことにはとっくに気がついているはずだが、何も聞いてこないということは、ここが〝黒の森〟であるからと自分を納得させているところがありそうだ。

まぁ、それは誤解ではなく真実も含んでいるので、今のところルーシーがどういう状態であるか、カレンに説明はしないが。

しかし、ずっとボールの遠投というのも疲れるだろう。休み休みやっているので、ある程度維持できてはいるが、やはり徐々に到達距離は短くなっている。

そうするとルーシーが戻ってくる時間も早くなり、ボールを投げる回数が増えるという循環が出来てしまっているようだ。あんまりやってると、身体への負担になってしまうだろう。

俺はヘレンに断って、一時作業の手を止めた。材木置き場にしているところから、半端の木材を拾い上げ、ナイフで加工する。生産のチートがきいてくれて、思った形に加工するのはすぐに出来た。

出来上がったのはごく薄い木製の円盤である。俺はそれを持って、ボールを投げているカレンの元へ向かった。

俺が行くと、カレンはちょうど休んでいるところで、傍らでルーシーが尻尾をパタパタ振っていた。俺は苦笑しながら声をかける。

「遊び相手を命じたけど、もっと休んで良いんだぞ」

「はいぃ。私も休みはしてるんですけど、ルーシーちゃんにキラキラした目でまだかまだかと見られるとですね……」

俺は「それな」と言いかけるのを呑《の》み込んだ。ルーシーが遊んで欲しいと待っているのに休むと、なんか悪いことをしているような気になってしまうのはよく分かる。

「とりあえず、これを使ってみてくれ」

俺は手にした円盤をカレンに見せる。彼女は小首を傾げた。

「これは？」

「これはな……ルーシー」

円盤を今度はルーシーに見せると、おすわりしていた彼女がスッと腰を上げ、「わん！」と吠《ほ》えた。

彼女の準備が出来たので、俺は円盤を胸に抱え込む感じで構え、手首のスナップも利かせて勢いよく前方へ投げる。

手から離れた円盤はスーッと滑るように空中を飛んでいく。飛び方は優雅に見えるが、その速度はなかなかのものだ。それをルーシーがものすごい速度で追いかける。

疾風と化したルーシーは円盤に追いつき、ジャンプして空中でキャッチした。距離にして四〇メートルほどだろうか。その距離を再び疾風となってルーシーが戻ってくる。

「よしよし、えらいぞ」

ルーシーが咥えた円盤を受け取りながら、頭を撫《な》でてやると、振っている尻尾の勢いが格段に増した。

「よし、次は待ってからだ」

「わん！」

俺は再び円盤を投げ、すぐに「待て」とルーシーに命じる。分かるかどうか一瞬不安がよぎったが、ルーシーは実にお利口さんに、すぐに走り出せる体勢で続く俺の号令を待っている。

円盤が二〇メートルほどを過ぎたあたりで、俺は次の命令をした。

「行け！」

ルーシーは一声も発さずに、疾風となる。円盤との距離がぐんぐんと近づいていき、やがて六〇メートルほどだろうか、それくらいの距離で高度を落とし始めた円盤をキャッチすると、行ったときと同じような速度で戻ってくる。

「よーしよし。本当にお前はお利口さんだな」

「わんわん！」

さっきと同じように頭を撫でてやると、さっきよりも更に勢いよくルーシーの尻尾が振られる。

俺はずっとこれをやっていたい衝動を抑えて、カレンに言った。

「じゃ、続きはカレンに任せた」

「あ、はい。同じようにすればいいですか？」

「うん。休み休みでいいから」

そして俺は作業に戻る。聞こえてくるカレンの「待て」「行け」の声に羨ましさを感じながら、日暮れまでそれは続くのだった。

◇◇◇

この森の魔力によるものか、はたまた若さゆえか、翌日にはカレンの筋肉痛はおさまったようである。

「今日からまた頑張りますよ！」

とは本人の言だ。尻尾をブンブン振りながら言っていたので、かなり調子を取り戻したらしい。

ちょくちょく様子をうかがったが、確かに普通に動けている。

まさか魔物化しつつあるんじゃなかろうなと、念の為《ため》、作業の合間の休憩時間に、こっそりとリディに確認したところ、フルフルと首を横に振っていたのでそういうわけでもないらしい。

「そもそも人が魔物化することはめったに無いですよ」

リディは静かに言った。この場合の「人」とは人間族だけでなく、リザードマンや獣人、ドワーフにエルフ、そして巨人族も含まれる。

「まあ、そのめったに無いが起きたのが魔族と言えなくもないんですが」

魔族も大本をたどればエルフとほぼ同じであるらしい。エルフは生命の維持に魔力を必要とする。なので、魔力の薄い街や都では生活していくのに支障が出てしまうため、リディはこの〝黒の森〟の我が工房にいるのだ。

そして、魔族とはつまりエルフと同じように魔力が必要だが、澱《よど》んだ魔力しか得られなかった者たちが順応していった結果である、とされている。肌が褐色であること以外の身体的特徴も個人差のあるものを除いてエルフと同じなのも、元は同じ種族だったことの証左と言えるかも知れない。

「逆に言えば、それくらいしかないってことか」

「そうですね」

つまり、純粋な魔力から生まれるのでなければ、吸血鬼だのバンシー（こっちは精霊や妖精《ようせい》に近いだろうか）といった人型の魔物はこの世界では存在しない、ということになる。インストールにも該当するような知識は無いようだが、元々ないのかインストールに無いだけなのかは分からない。

「とにかく大事にならないなら良かったよ」

「それは大丈夫だと思います」

専門家のお墨付きをもらったので、カレンの回復の速さは若さだろうと俺は結論づけ、若さとは羨ましいものだよな、と頭から追いやった。

湯殿と渡り廊下の建築は順調に進んでいった。湯殿は入浴するところの床を張り終えている。廊下は柱を建てるのは終わっているので、長さはあるが舗装と屋根の作業を繰り返すのみだ。

二日もすれば、それぞれの作業は終わってしまった。

渡り廊下はその全てが完成した。これで家から温泉まで雨にあんまり濡《ぬ》れずに移動できる。湯殿もほぼ完成している。「すのこ」のように湯の溜《た》まらない床が地面より少し上にあった。床から下に落ちた湯は湯殿のそばに作った排水用の小さな池（森のみんなが浸かっているのとは別のやつ）に流れ込むようになっている。

これで、身体を洗ったり入浴した後に土で汚れず、湯が溜まって木を駄目にしてしまいにくいというわけだ。当然、定期的なメンテナンスは必要になると思うが、サーミャに聞く限りは雨季以外には降雨も少なくどちらかと言えば乾燥気味らしいここならその回数も多くはないだろう……と思う。

そして、それらがスポンと外から素通しになっていた。そう、まだ壁ができていないのだ。壁ができていない理由は一つである。

ほとんどが出来あがってきた。もうこの時点で結構感慨深いのだが、まだ詰めの作業がある。俺は素通しの浴場の前で腰に手を当てていった。

「さて、いよいよ作業も大詰めだな。まずは湯を引っ張ってこないと」

「樋《とい》を作って持ってくるんですよね？」

リケが言って、俺は顎《あご》に手をやる。

「そうだなぁ」

樋を作って湯殿まで湯を引っ張り、それがそれぞれの浴槽に注ぎ込まれるようにする。浴槽から溢《あふ》れる分はやはり排水用の池に流れるようにして、そこから更に森のみんなが浸かっている方へと回せばそれで使い始められるだろう。前の世界のテレビ番組で、無人島で長い長い水路を作っていたのをふと思い出した。

それはともかく、樋を作って浴槽のところまで持ってくるのに壁があると邪魔になるので、まだ作ってないというわけだ。どっかの段階で樋だけ作る方式でも良かったかなとは今更ながらに思っているが、これはこれで問題はなかろう。

「それで進めよう。なにか問題が起これば再度検討だ」

「わかりました」

リケが頷き、いつの間にか集まってきていた家族の方を振り返ると、彼女たちも頷いている。

完成に向けて、俺たちは今日のところは英気を養うべく、暮れていく森の中、家へと戻っていった。

そうして家に戻ると、見たことのある姿があった。人型ではない。小さな竜の姿。カミロのところに行っているアラシだ。

アラシが伝言板のところに佇《たたず》んでいて、俺たちに気がつくと小さく鳴いてカレンのところへ飛んでくる。その足には手紙が入っている筒がくくりつけられていた。

このタイミングで連絡を寄越《よこ》すということは、どこかに行っているので三週間後に、という話だったが帰還の予定が早まったりしたのだろうか。

そう思いながら、俺は手紙を開いた。

小竜に運んでもらうにしては大きめの紙に書かれていたのは、だいたい次のような内容である。

カミロは今回北方へ赴いたらしい。とは言うものの、北方は一～二週間でたどり着けるような〝近場〟ではない。たとえ馬車にサスペンションが組み込まれていたとしてもだ。

となればそれでたどり着けるところに用事があったわけで、つまり先行して北方からは南下して来ている人がおり、途中で合流したのだ。

そこで落ち合った相手とは、カタギリ家の人物であるらしい。ご当主様ではなかったみたいだが。かいつまんで言えば、カレンがここに来たのは計算違いであったそうなのだ。

北方以外で、とは申しつけたものの、ギリギリ外（つまりはカタギリ家がすぐに手を出せる範囲）か、実際には北方の中で修行に出るだろうと思っていたら、いつの間にか南方の商人に伝手《つて》ができており、それを頼ってはるばる南方に流れてしまったため、カタギリ家は結構慌てたらしい。

すぐにでも連れ戻そう、という話も出たそうだ。今のところ、その案は不採用なようで、その旨読み上げるとカレンはホッとしていた。

まぁ、そりゃあ当主が「出ていけ！　一人前になるまで戻ってくるな！」と言ってしまった手前、「そこまで行くと思ってなかったから戻ってこい」と言い出せないのは、それはそうである。

カレンにしても「絶対に一人前になってギャフンと言わせる」のを目標にして出てきたし、その覚悟はしっかりとあるので、「ありゃあ、すまんかった」と言われて「そうですか。それでは帰りますー」とはいかないのもそうだろう。

これでは意地の張り合いですなぁ、ワハハハで終わるのかと思いきや、さにあらず。どうやら落ち合った人物は先触れで、すぐに追ってご当主様がいらっしゃるらしい。

カレンを連れ戻す、という話では無いそうなのだが、ではどういう話なのだろう。その詳しいところは帰ってから、つまり、当初言っていた三週間後、今から見れば一週間と少し後の話になるそうだ。

そこで先触れの人から話を聞く手筈《てはず》になっていると言うから、先にあったようにカレンをとにかく連れ戻すという話でなさそうなのは確かだ。結果的に戻ることになる可能性は十分にあるが。

「まとめると、この人から話を聞くまでは不明だが、ここまでくるのは想定外だったので一度話し合いをして今後を決めたい、ってことみたいだな」

俺が言うと、カレンも皆も複雑そうな顔をした。そうしていないのはうちの娘たちのクルルとルーシー、それにハヤテとアラシだけである。

「先に手紙を寄越したのは、カレンが戻る可能性を考えて、だろうな。アンネのときは結果的には戻ってきたわけだけど、随分とバタバタしたし」

カミロの書いた内容からすると、出先から早馬のようなものでカミロの店に届けて、そこからアラシ便で届けてくれたようである。早馬も安くはなかろうに、そういうところは気が利くんだよな……。

場がシン、と静まり返る。お互い長い付き合いになると思っていた間柄だ。ある程度の余裕があると言っても一週間とちょい。何かをするにはちょっと短い時間だ。まだギリギリ温泉も完成していない。

俺は静寂を破るように、しかし、あまり大きくない声で言った。

「戻る時期が決定すると考えると、カレンの修行の時間を増やした方が良さそうだな」

「そうですね」

リケが頷《うなず》く。たとえ目標に届かなかったとしても、妹弟子にできる限りの成長をさせてあげたいのだろう。

「えっ、そんな、悪いですよ！」

ブンブンと顔の前で手を振って恐縮するカレン。俺は苦笑しながら言う。

「弟子がそういうことを気にするもんじゃないぞ」

「じゃあ、温泉のほうはどうするんだ？　中断するか？」

サーミャが言った。俺は首を横に振る。

「温泉も完成させよう。カレンには『南方で立派な温泉に入ったことがある』ってのを思い出にして欲しいし。忙しくなるけど、良いよな？」

皆から声は返ってこなかった。しかし、ハッキリとした頷きが返ってきた。明日から忙しくなるな、そう思いながら、俺はアラシを労《ねぎら》い、家に入った。

4章　月下の会議

汚れた身体《からだ》を綺麗《きれい》にし、夕食を終えて「それでは明日また頑張ろう」と皆寝入った後。

俺はそっとベッドから出て、そのままゆっくりと自室の扉を開ける。シン、と静まりかえった家。外から月光が差し込み、家の中をほんのりと明るくしているが、それがかえって静けさを強調していた。

ゆっくりと、抜き足差し足忍び足で家の外への扉に近づいて、閂《かんぬき》をゆっくりゆっくり外すと、やはりゆっくりと扉を開けて、外に出た。

俺は目の前の光景を見て、小さく声を漏らす。

「おお」

家の前の庭が、月明かりでちょっとしたステージのようになっていた。ここで叙情的な歌劇でもやればさぞかし盛り上がるだろう。

流石《さすが》にそのチートはもらってないし、今からするのはそんなロマンチックなものではないが。

俺は庭をそっと横切って、月光があちこちにスポットライトを照らしている樹々《きぎ》の間まで入っていき、木の幹の陰に隠れる。

そして待つことしばし。開け放っておいた扉から人影が出てきた。俺には一目でそれが待っていた人物であることが分かった。

俺が木の幹から出て、手振りでその人物を呼び寄せると、気がついたのだろう、そろりそろりと近づいてきた。

月光に照らされた端整な顔。そして高い上背。俺が待っていたのはアンネである。

「すまないな」

「ううん。いいのよ」

俺の言葉に微笑《ほほえ》むアンネ。月下美人、という単語が頭をよぎる。

まぁ、あれは花の名前だが、花に例えても良かろうと思うくらいには綺麗だ。

それを一旦《いったん》頭から追いやって、俺とアンネは再び木の幹に隠れる。

「あの話、どう思う?」

「偶然、と言ってしまえばそれまでだけど、ちょっとタイミングが良すぎる気はするわね」

「だよな」

カレンが北方を出奔してからうちに来てそろそろ二週間が過ぎる。何かを掴《つか》むには十分な時間だ。

彼女の鍛冶《かじ》の腕前は悪くなかったから、鍛冶の経験があるというのは嘘《うそ》ではないだろう。早く帰る可能性を知らなければ、北方人として温泉を優先させたがるのも辻褄《つじつま》は合っているように思う。

しかし、うちに来た理由が鍛冶師としての経験を積むことではないとしたら?

ある程度腕前が良かったのは、ナイフを作ることだけを練習していたからで、狩りについて行きたがったのも、それ以外を作らなくて済むようにするためだったとしたら?

「なるべくボロが出ないよう、鍛冶以外の作業をやりたがった可能性を捨てるのはよくないように思うわね。湯殿を作っていることは知らなかったでしょうけど。湯殿の件がなければ、ナイフをひたすら極める——ことにするつもりだったかも知れないわね」

アンネは鍛冶場のほうをチラッと見た後、俺に向き直る。

「そういう策だったらと思って、乗っかったんでしょ？」

「鍛冶に熱意があるのは間違いなさそうなんだけどな。でも、どうにも引っかかる部分があったからな……」

俺はため息をつく。カレンにも何らかの事情があるのかもしれないし、鍛冶に対して全く情熱がないわけではないように思えた。鍛冶をやろうと思わない人間が、あれほど基本をしっかり身につけていることはない。

本当に弟子入りしたくてうちに来たんだったら、この後は出来るところまで叩《たた》き込《こ》んでやる……のは出来ないので、カミロが驚くほどの数を生産し続けて、その一挙手一投足の全てを見逃さないようにと言ってやるべきだっただろう。

だが、少しの疑念が生まれ、潔白という確信が持てなかった。それで、湯殿の続きも行うことにしたことには違いない。

もちろん、ただカレンが空回りしていただけで、純粋に弟子入りをしようとしていた可能性も十分にある。そのときは良心の呵責《かしゃく》や、カレンからの恨みを甘んじて受け入れよう。

「そうね。他に理由がある場合、何が目的だったか、だけど」

「『親方を失ったことは、北方にとっては大きな損失だと思います』、か」

「へえ。リケ、よく分かってるじゃない」

「前に言われたんだ。俺が作った剣の出来を見てね」

アレはリケがここに来て間もない頃だったか。俺が言うと、アンネは頷いた。

「リケの言うとおりだと思う。『最近、南方から出来のいいナイフや剣が時折流れてくるようになったな。作ったのはどういう奴だ？　何？　北方人？　これを作れる奴が、我が北方から出ていったと言うのか！』」

アンネは小声でだが、少し芝居がかった言い方で言った。即興にしてはなかなか堂に入っている。こういう状況でなければ拍手をしていたかも知れない。

「で、作ったのが本当に俺なのか、そして、俺が誰なのかを知りたがった、か」

「そうでしょうね」

「弟子入りを断れば良かったかな」

「それはどうかなぁ」

アンネは腕を組んだ。

「そうなれば別の手を打つだけでしょうね。帝国《うち》と一緒よ。高い技術を持った人間に、どこかに肩入れされると困るのよ」

「そのつもりはない……のは知りようがないからな」

「それに、北方の場合は帝国と違って呼び戻せる可能性があるわけだしね」

「俺は一介の鍛冶屋だからなあ。お上には弱い」

「まだ言ってる」

「事実だぞ」

俺は眉間《みけん》に軽くしわを寄せた。場合によっては俺を拉致《らち》することも出来るのだろうが、王国内でそれは色々とリスクが高い。ならば、政治的解決を目論《もくろ》むのが次の手だろう。

その第一歩として俺について調べるための、弟子入りだったのかもしれない。

そうだとすると、俺から離れる時間が長かったのも好都合だったはずだ。俺に根掘り葉掘り聞くと怪しまれるようなことでも、他にいる家族に分散して聞けば根掘り葉掘り感はないし、家族に馴染《なじ》もうとして俺のことを聞いているように見える。

アンネに聞くと実際、「出身はどこと言っていたか」くらいのことを聞いていたそうである。この質問だけなら、

「同郷の人間なのによく知らないし、師匠は自分のことをなかなか話さないので、アンネさんに聞いてるんですよ」

と言われたら「そういうもんか」で終わるだろう。

それをやろうとしていたとして、そこに計算違いがあるとすれば、俺の素性はこの世界には「ない」から話せないだけだ、ということだが。

「そもそも連れ戻すだけなら、わざわざ先触れを出したりせずに納品の時にでもカミロさんのところで待っていれば勝手に来るのよね。遅くとも二週間後には」

「それはそうだな」

俺は腕を組んだ。アンネは小さくため息をつく。

「私も仲良くなった人を疑うことはしたくないし、全部がたまたまならいいと思ってるけど……用心はしたほうがいいわね」

「相当手遅れかもしれんし、今更態度も変えられないけどな」

「ま、侯爵と伯爵が手放さないでしょ。そこで手放すなら父上が多少強引にでも帝国に引っ張ってるはずだし」

「そうだといいがな」

俺は苦笑した。俺の肩を軽くアンネが叩く。

「とりあえず、明日からも俺の態度は変えない。ヤバそうな場合はあとでカミロやマリウスに相談する」

「そうしたほうがいいわね」

「ありがとう。助かったよ」

「どういたしまして」

月光の下、ニッコリと微笑むアンネ。俺とアンネの二人は来たときと同じく、タイミングをずらしつつ、誰も起こさないよう静かに静かに、家に戻っていった。

◇　◇　◇

翌朝、何事もなかったように朝の色々を終わらせた。

カレンの様子も特に変わったところはない。もし潜り込むのが目的だったとして、バレていると気づいたとしても、

「フハハハハ！　そうだ！　私はここに潜り込むのが目的だったのさ！」

「な、何ィ⁉」

とはならないだろうしなあ。どちらにせよ、あと一週間かそこらだ。その後にカレンの去就が決まる。その時にどういう判断をすればいいか、俺はしっかり考えておかないとな。

それを一旦頭から追い出す。今日からは樋《とい》を作って源泉から湯を引っ張ってくる作業だ。家の外に並べた道具を手に手に、クルルとルーシー、それにハヤテを含めた俺たち家族は、温泉の方へと向かっていった。

こんこんと湧き出している温泉。そっと皆で排水池を確認しに行くと、今日も森の温泉は千客万来で、肩に連続した衝撃を感じたりした。

「ここで工事するのは、なんかちょっと憚《はばか》られるな」

「驚かせちゃうものねぇ」

俺が言うと、肩に衝撃を与えていたディアナがおとがいに手を当てて言う。

一時的にいなくなるだけでいずれ戻ってくるものとは思うが、驚かせてしまうのも本意ではない。

幸い源泉から排水池までは距離があるし、湯殿からの排水側はそこの溝に接続すればいいように は思う。

それでどうだろうと家族に提案してみると、問題ないのではないかということだったので、それで進めることにした。排水側は後からでも多少の融通がきくので、難しければ改修することにしよう。

「それじゃ、分かれて進めていこう」

『おー』

こうして、湯殿の最終工程が始まった。

作業は樋を作る組、それを支える支柱を立てていく組、湯殿の排水桝《ます》（のようなもの）から、排水溝を掘っていく組に分かれる。

樋を作る組は俺とリケ。排水溝を掘る組がヘレンとディアナ。クルルを含めた他の皆が支柱を立てていく組だ。

アンネを排水溝ではなく支柱に回したのは背の高さもあるが、カレンについて何か掴めそうなら、ということだ。

俺とリケは材木の丸太から板を切り出していく。それなりにやってきた作業なので、丸太はあっという間に長い板に姿を変えていった。

木の板は凹字型に組み合わせて樋にしていく。多少の水漏れは仕方ないとしても、なるべくそれが少なくなるように、基本的にはかみ合わせで組み立てる。

その時、水を含むと少し膨らむので、その分も計算に入れる必要がある。組み立て段階であんまりギチギチで組んでしまうと膨張したときに不具合が出かねない。

かと言って緩すぎると水がダダ漏れになるわけで、ちょうど良いところでやっていく必要がある……が、俺はチートで、リケは経験でそこを補って、手早く組み上げていく。

樋は源泉から湯をひく最初のところに、小さな板で湯殿へ行かないように塞《ふさ》ぐものが一つ必要になるのでそれも作っておく。掃除やなんかのときはこれで湯を止めてからするわけだ。

作業の合間に支柱の方を見ると、なかなかの速度で進んでいた。湯殿はここから少し離れている（源泉に寄せすぎると家からは遠くなりすぎるため）ので、枝葉の無い木が規則正しく生えているようにも見える。

幅はこちらで樋の底と同じ幅の木切れを渡してあるので、それに合わせてもらっている。

いずれここに組み上げた樋が乗り、湯殿まで湯を運んでいってくれるわけだ。

そして、その湯は浴槽に溜まり、今排水池で森の動物たちがそうしているように、俺たちを癒やしてくれるものになる。

俺はそんな光景を並ぶ支柱の先に見ながら、樋を作る作業に戻った。

作業は夕暮れより少し前に終わり、そこからは自由時間となる。剣の稽古《けいこ》をする者、クルルやルーシーと遊ぶ者。

俺は普段ならこの時間を夕食の準備に充てているが、今日からはリケと一緒にカレンの修行に付き合うことにした。

カレンは何というかいつもどおりで、

「ここまでできていたら、もう少しですよ」

と、リケに励まされて、ちょっと良くなったり、一歩及ばずだったりを行き来していた。

◇◇◇

結局の所、特に何事もなく樋作りも、支柱も排水溝も作業は進み、カレンの修行はあまり進展なく時間が過ぎていく。

カレンが何か腹黒いものを抱えていたとしても、誰かに手出しできるような状態ではないしなぁ。

何かあれば下手人が誰なのかは一目瞭然《いちもくりょうぜん》だし、カレンにはこの森から独力で抜けられるだけの能力はなさそうだ。

これは俺がヘレンと何度か剣を合わせて実感したフィードバックからの判断なので、念入りに隠していたりすれば分からないが。

今日は樋の設置に取り掛かっていく。樋から浴槽へ流れるお湯は、三叉《みつまた》に分岐している樋で男湯と女湯で分割するようにした。

樋の一つは女湯、一つは男湯、残りの一つは直接排水溝へ向かうものだ。一応、湯元の方で湯殿へ湯が行かないルートにもできるが、こちらで女湯男湯双方を止め、排水溝ルートのみ残して、それぞれに湯が来ないようにできるようにした。

　もちろん、男湯ルートを塞いで、女湯と排水溝を残せば女湯のみに湯が行くようにすることもできるし、その逆もできる。湯元から湯殿間のメンテナンスが不要で、ちょっとお湯を止めたい場合にはこちらで出来たほうが良かろうとの判断である。

　最後に、湯殿を囲う壁作りを樋の設置と前後して開始した。外から覗《のぞ》き込めないよう、壁の前後の樋には蓋《ふた》もつけ、壁との隙間ができないようにした。

　工夫すべき場所、と言えばそれくらいなもので、あとは壁を作っていくだけだ。壁は横木の桟に千鳥に木の板を打ち付けていく。横木の表、裏、表、裏の順で、それぞれの端が重なるように。こうすればある程度の通気性を確保しつつ、外から見えないようにできる。まぁ、壁は浴槽や洗い場から離して設置してあるので、よほど近づかなければ見えないのだが。

　屋根から壁の上端までは結構空けてあって、そこからも湯気が逃げるようにしてある。雨の日でも入浴は可能だが、あまりに強い日は吹き込んでくるかも知れない。そんなときはそもそも渡り廊下を行く間に雨で濡《ぬ》れてしまうだろうが。

　そうして、そろそろ納品用の品を作り始めないといけなくなる頃。

　つまり、カミロのところへカレンを連れていくまで、あと六日と迫った頃、俺は大声で言った。

「よーし、それじゃあやるぞー」

　少し離れたところにいるから「おー」と声が返ってくる。俺がいるのは湯元のところ、湯殿と排水側の切り替え部分。湯殿の切り替え部分で女湯と男湯に湯が流れるようにしてあるのは何度も確認した。

つまり、ここで今は排水側になっており、音を立てて排水側へ流れている湯を湯殿側へ切り替えて、いよいよ湯殿に湯を回していくのだ。

「よいせ」

俺は湯殿側にささっている止水栓の板を引っこ抜き、排水側へさしなおす。すると、勢いよく樋を湯が走り始めた。

「おー、来た来た！」

サーミャがはしゃいで、他のみんなもワッと拍手した。ルーシーも「すっかり重くなってきた」と嬉《うれ》しそうにボヤくディアナに抱っこされ、樋の様子を見て尻尾《しっぽ》を勢いよく振っている。

湯はみんなのところまであっという間に到達した。それをみんな走って追いかけると、程なく湯殿にたどり着く。そこには壁だ。みんなは回り込んで湯殿に飛び込んでいき、やがて、中からやんやと騒ぐ声が聞こえてきた。流れる音もしているから、無事に浴槽へと湯が入り始めたのだろう。

俺はと言うと、そんなみんなを見守りつつ、樋から大幅に湯が漏れ出していないかを確認しながら、湯殿へ向かう。浴槽に湯が入る瞬間を見たかった気もするが、なに、今後掃除のときなんかにでも見られるだろう。

湯元から湯殿の間の樋は、ところどころでじんわりと水が出ているようだが、どれもいずれ湯で水分を含み膨らめば止まりそうだった。点検は必要だろうが、当面は心配なさそうである。

俺はみんなの後を追って女湯に入った。これで俺が女湯に入るのは最後になるだろう。次からは絶対的な不可侵領域だ。

「おお、なかなかじゃないか」

源泉の湯量が多いので、全部はこちらに回していない。しかし、それでも樋からはかなりの量の湯が音を立てて浴槽に流れ込んでいる。

浴槽に湯が溜まりきるには今しばらく時間が必要だろうが、ここらの後片付けなんかをしてもう一汗かいたあとには十分入れそうである。

「このあと浸《つ》かるのが楽しみですね！」

そう真っ先に言ったのはカレンである。彼女もこの二週間近く、慣れないであろう作業を一生懸命にこなしていたように思う。

疑いが晴れているわけではないが、その部分は純粋に労《ねぎら》うべきだ。それに、温泉に浸かるのが楽しみだという言葉自体は何を隠していたとしても、本音だろう、と俺は思う。

なので、俺は彼女に笑顔で、

「そうだな。北方人としては待ち遠しいよなぁ。よく頑張ったな」

と、言うのだった。


完成した湯殿は早速今日から使いはじめることになった。完成したけど使わないという話はないしな。

まず先に使った道具をすべて片付けた。もう少ししたら日が落ちてきそうなので、バタバタと急ぎ足なのは仕方がない。

魔法の明かりも用意はできるし、今日は晴れていて月明かりも十分だと思うが、日が完全に沈んでからの入浴はあまり考えていないのだ。今日は夕方の修行はおやすみだな。

井戸水で道具を洗ってから水気を切ったあと、鍛冶《かじ》場に並べた。そろそろメンテナンスが必要になりそうだし。

「整理整頓《せいとん》と倉庫にしまうのはまた今度、だな」

「そうね」

俺が言うと、ディアナが頷《うなず》いた。雑然と接客スペースに道具が並んでいて、妙な生活感を出している。この状態で客が来たら少し困るが、そのときはみんなで物置にでも放り込んでしまおう。

片付けが済んだら、みんなで渡り廊下を歩く。期待からか、みんなの足取りは軽い。それは俺も変わらない。クルルとルーシー、ハヤテは迷ったのだが、「来るか?」と聞いてみると、三人揃《そろ》って小屋の方へ向かったのでディアナとも話して連れて行かないことにした。明日の朝にキレイにしてやらないといけないな。

念の為《ため》、魔法の明かりを男湯と女湯に一つずつ用意した。男湯はもちろん俺がつけられる。女湯の方も、リディが「特に問題ないですよ」と言っていたので、リディに任せることにした。

「それじゃあ」

「おう」

サーミャが片手を挙げて女湯に引っ込む。俺も手を挙げて応じた。前の世界の歌みたいに上がった後に待っているということはない。基本的には順次帰宅……と言うにも距離が短いが、まぁとにかく家に戻るのだ。

ただし、念には念をという事でリケとリディ、そしてカレンは、サーミャ、ディアナ、ヘレン、アンネの誰かと一緒に帰ってもらう。カレンはお目付役も込みなので、おそらくアンネがつくことになるはずである。

ガラリと戸を開けると、規模は小さいが女湯と同じように脱いだものを入れておく棚と、下足箱代わりの棚が備え付けてある。俺は靴《ブーツ》を脱いで下足箱に放り込むと、テキパキと服も脱ぎ、軽く汚れをはたき落としてから畳んで棚に放り込んだ。

前の世界で時折スーパー銭湯に行っていたことを思い出す。そう言えばサウナの「ととのう」感じは結局分からずじまいだったな……。冷たい井戸水と温泉があるので、いずれこちらの世界で「ととのう」ことができないか試してみる価値はあるかもしれない。

浴場に入ると、控えめの湯けむりが出迎えてくれた。風の通りが良いことと、温泉の温度があまり高くなく、秋口とはいえ、周囲の気温もそこまで低くはなっていないのが理由だろう。

浴槽には音を立てて湯が流れ込み、溢《あふ》れている。ここにたどり着くまでに女湯にも湯が回っているはずなのだが、それでも結構な湯量だ。

湯を桶《おけ》に汲《く》んで、頭からひっかぶる。いつもの湖の冷たい水とは違う、温かい湯が身体を流れていく感覚。こっちに来て半年かそこら、湯を沸かしてもそれで身体を拭《ふ》くくらいなもので、贅沢《ぜいたく》にぬるま湯にして被《かぶ》るなんてことはしてこなかった。

ザバッと再び桶に湯を満たしてかぶる。久しぶりの感覚に、そうそう、こんなだったと感慨深くなった。欲を言えばシャワーが欲しいような気もする。

確か前の世界でも古代ギリシャだか古代ローマくらいには牛の膀胱《ぼうこう》か何かを使ったシャワーヘッドを作ることは可能だったらしいし、この世界で似たようなものを取り入れるのは問題ないようには思うので、ちょっと考えておこう。

いつもは沸かした湯を含ませて身体を拭いている布を使って身体を洗っていく。少しずつ冷めていく湯を少しずつ使うのではなく、温かい湯をそのままザブザブと使えるのはありがたい。

数度身体を流しても落ちきらなかった汚れは、これで綺麗《きれい》になった。石鹸《せっけん》を使ってないので多分そんなことはないのだが、いつもより綺麗になったように思えるのは致し方のないことだろう。

ゆっくりと身体を浴槽に沈める。思わず「あぁ〜」と声が出てしまうのも致し方のないことだ。なんせ中身は四〇過ぎのオッさんなのだし。

半年ぶりの湯はじんわりと、身体を溶かすかのように染み渡る。高い濃度の魔力が含有されていることと関係あるだろうか。身体中のコリがほぐれていく気がする。

前の世界にあったら、整骨院で「岩のよう」と評された肩を持つ俺が週三で通っていたことは間違いない。

見上げると、暮れてゆく森の空が広がっていく。青かった空は一部をオレンジに侵食され、わずかばかり樹々の緑に縁取られている。

「思ったよりいい眺めじゃないか」

俺がそうひとりごちたとき、

「もうちょっと綺麗にしないと浸かっちゃ駄目ですよ！」

そんな声が女湯の方から聞こえてきた。キャッキャとはしゃいでいるのは先程から聞こえていたのだ。なんせ他に人のあんまりいない森の中。男湯と女湯の間の壁は覗いたりできないように高さがあるし、足場になるようなものも近くにないが、上は空いていて声は素通しである。

声の主はどうやらカレンのようだった。

その後少しだけ聞こえてきた不平の声から察するに、サーミャが湯をかぶるのもそこそこに浴槽に突入しようとしたのだろう。北方人的なマナーとして看過できなかったことは容易に想像がつく。

基本他に入る人もいないので、あんまり気にしなくてもとは思うのだが、それはそれとして基本的なところを教えておいてくれるのは、たとえ誰であろうと助かる。

というか、先に俺が教えておくべきだったような気がしないでもない。

「まぁ、良いか」

不満が飛んできたら考えておくが、今はとりあえずこの気持ちよさを堪能しよう。全ての悩みを湯に溶かすべく、俺は浴槽に深く身を沈めた。

疲れを湯に溶かしながら、今後のことを考える。カレンの真意は納品、というかおそらく彼女の家族が迎えに来た時に直接切り出すのもありかも知れない。

それですんなり教えてくれるかどうかは怪しいところだが、出方で真意の一部でもわかれば御の字だ。

アンネがどう思っているかはわからないが、俺は真意を直接問いただすのもありかなと思っている。すっとぼけるなら、それはそれで〝そういうこと〟なのだろう、と納得できるし。

「悩み事も溶けて流れていってくれればいいんだがな」

俺は隣に聞こえないような大きさで愚痴る。その愚痴は、流れる湯の音に紛れて流れていった。

その日の夕食の時である。当然の話ではあるが、温泉の話題が出た。

「アタシは温泉にまだ慣れないかなぁ……。なんか変な感じがする」

「サーミャは水に浸かるのも慣れないって言ってたものね」

サーミャの言葉に、リケがフフッと笑う。この二人はディアナが来る少し前くらいにも時々二人で湖に行って身体を綺麗にしていたが、どうにもサーミャが慣れなかったらしく、最近はその回数も減っていた。

かなりドロドロに汚れた場合のみ、女性陣全員で連れだって湖へ行っていたのだが、今後温泉でその回数が増えれば、虎も入るくらいなのだし、いずれ気持ちよさがわかるだろう……多分。

それとは対照的に、

「あれだけの温泉はなかなかないですね！」

と言ったのはカレンだ。うんうんと頷いているのはアンネである。

ここは別に謀略とは関係のないところだからな。意見に対して素直に同意しているだけだろう。

アンネは自国の温泉に行ったことがあるとか言ってたので、その時と比べているようである。

ヘレンがのんびりと口の中の肉を呑《の》み込んでから言った。

「毎日湯に浸かる貴族がいるとは聞いたことあるけど、納得はできるなぁ」

「まぁ、ほんのごく一部だけどね」

引き取ったのはディアナである。ディアナはカップを干してから続ける。

「毎日身体を浸けるのに十分なお湯を、浸かるのに丁度いい温度で用意するなんて、普通は『バカげてる』の一言で終わっちゃうわよ」

「アタイたちのところで言い出したら『正気か?』って言われるなぁ」

「でしょ?」

浸かるために貴重な燃料まで使って湯を沸かす、というのはまだまだこの世界では一般的でない。場所によっては水が豊富に手に入るわけでもないしなぁ。

ここみたいに燃料になる木が豊富にあって、ほど近いところにいくら汲んでも大丈夫そうな水場があってさえ、風呂《ふろ》を作るところまでは踏み切れなかった。

今回はその貴重な燃料や水資源を直接消費することのない温泉を確保できたから作っただけで。

「でも、あれのおかげでスッキリした気分になった気がしますね」

「魔力か何かが影響してるのかしらね」

「断言はできませんが、そうかも知れません」

リディとアンネが会話を交わす。アンネが一瞬カレンの方を見たので、アンネの質問にはカマかけの意味もあったのかも知れない。

「それじゃあ明日は皆で鍛冶仕事をするか」

納品する分はそこまで急がなくてもいいのだが、進めておけば更に余裕ができるだろう。

俺の宣言は特に反対もされなかった。このところ鍛冶仕事はあんまりしていなかったし、うちの日常――〝いつも〟にちょっとだけ戻ろうと皆も思ったのかも知れない。

◇◇◇

そして翌日、いつものように朝起きた俺は、いつものように水汲みに行く。

来てからさほど経《た》っていないが、もうすっかりハヤテがいるのも当たり前の光景のように思えてきた。いつものように水を汲み、娘たちを身ぎれいにして戻る。

俺は前日に温泉で身体を綺麗にしたので、しないでおく。クルルとルーシーが不思議そうな顔をしていたが、俺が頭を撫《な》でてやると、気にしないことにしたらしく、それ以上何もしてこなかった。

いつものように朝食をとり、作業の身支度をしたら、神棚に二礼二拍手一礼の拝礼をして、作業に取りかかる。

今日の鍛冶はリケとカレン以外の皆も一緒にやってもらうので高級モデルは少なめに、一般モデルを多めにする予定だ。

皆もう手慣れてきたもので、作業は滞りなく進んでいく。一人を除いて。

「うーん……?」

カレンが首を捻《ひね》って唸《うな》る。彼女の今の担当は短剣だ。作業の合間に見てみると、カミロに卸せないような品質のものはない。

だが、うちに品質管理部があるとして、出荷に回して良いとするにはギリギリなような気がする。

それに、時間もかかっているように思う。慣れない仕事なので、リケ並みの速度で仕事をしろというつもりは全くないが、最初に作業を見せてもらった時の速度から考えると、もう少し作業が早くて良いはずだ。

こっちに来て修行以外には鍛冶仕事をしていなかったし、ちょっとしたブランクからスランプ気味になっているのだろうか。

チート頼りの俺にはしてやれることもあまりないが、気分転換もかねて、俺の作業の手伝いをしてもらおうかな。

そう思ったとき、リケがカレンに声をかけた。

「カレンさん、すみませんがちょっと手伝ってもらえませんか?」

「え?」

キョトンとするカレンに、リケがニコッと笑って頷いた。

「わかりました」

カレンはそう言って、リケのところへ向かう。リケが二言三言話すと、カレンは頷いた。

その後の様子を自分の作業の合間に窺《うかが》ってみると、リケが歪《ゆが》みを取り、カレンが焼き入れをしたり、その逆をしたりと分業で上手《うま》くやっているようだった。

カレンが歪みを取った短剣を見て、リケが微妙に首を傾《かし》げていたのが少し気になったが。できたものを見てみると、リケのフォローがあったからか、一般モデルとして堂々とカミロに渡せるものができていて、俺は内心で胸を撫で下ろした。

そうして時間は過ぎてゆき、一日の作業量としては十二分な数を揃えられた。

その日の夕食時、俺はスープを呑み込んだばかりのサーミャに言った。

「ああ、そう言えば、前の狩りから日にちがあいたから、明日は狩りに行くならそれでもいいぞ」

「えっ⁉」

俺の言葉に、サーミャが喜び半分、驚き半分で目を丸くした。尻尾《しっぽ》もピンと伸びている。

「あ、でも、納品はいいのかよ？」

すぐにしょんぼりした顔になるサーミャ。俺は笑って言った。

「昨日もある程度作ったし、明日もちょっと量産すれば余裕で間に合うから平気だぞ」

まぁ、間に合うもなにも、納品物の数はきっちり決まっているわけではなく、「カミロのところへ持っていった分だけ買い取る」という契約なので、「作れるだけ作って持っていけばそれでＯＫ」なのだ。

普段はその売り上げとカミロから買う生活用品の代金を相殺しても、こちらに収入があるくらいの量を持っていっている。もし売り上げが足りなければ、差額を支払うだけだ。

いつも生活用品は「予定する消費量より少し多めの量」でお願いしていて、備蓄としては一ヶ月か二ヶ月くらいはもつだけの量があるし、仮に入手できる量が一回減ったところで問題ない。備蓄のために倉庫を建てたのだしな。

「大丈夫だよな？」

「ええ。大丈夫だと思います」

リケはしっかり頷《うなず》いてくれた。それで、まだ少し迷っていたサーミャも、

「それなら行こうかな」

と、あっさり行く方に傾く。「みんなも行っていいんだぞ」と俺が言うと、「私も」「じゃあアタイも」とみんな一緒に狩りの方へ行くことを表明する。

そして、その中にはカレンも含まれていた。ちらっと視線を交わす俺とアンネ。まだもう少し、俺の悩みのタネは消えてくれそうになかった。

◇　◇　◇

朝の日課を終えて、家族の皆を見送った。いつも通り、と言えばいつも通りの朝だ。鍛冶《かじ》場に火を入れると、ジワジワと温度が上がっていく。俺はこの時間が結構好きだ。温度の上昇とともに、やる気が漲《みなぎ》ってくる。

しかし、今日は少しだけ違った。ゆっくりと赤さを増していく火床と炉を眺めながら、ぼんやりと物思いにふける。

サーミャは嘘を見破れる。しかし、それは匂いによるものなので、「暴こう」と意識していないとわかりにくいし、言っていることが「嘘ではない」場合には見破る（使うのは視覚でなく嗅覚《きゅうかく》だ

が）のは難しいのだそうだ。

つまり、カレンが話したこと、それが大筋では嘘ではなかった場合にはバレにくい、ということだ。

彼女が語ったことをかいつまめば、「地元を追い出され、いっぱしの鍛冶師になるまでは戻ってくるな、と言われたのでうちに弟子入りしに来た」である。

これは「任務として地元を追い出され、いっぱしの鍛冶師になるという名目で、しばらく弟子入りしろ」という話でも、大筋は嘘ではないことになる。語った内容から言えば本当でもないが。

今からでも問い詰めることはできるわけだが、その場合、最終的な意図をはぐらかされる可能性もあるわけで――。

「……かた。親方！」

「おっと」

リケに呼びかけられ、意識が引き戻される。見れば火床も炉も十分に熱されていた。

「すまんすまん、それじゃあ、はじめようか」

「はい！」

一瞬怪訝《けげん》そうな顔をしたが、リケは元気に返事をしてくれた。さて、今日の仕事を頑張らなきゃな。

昼飯の時間より少し前まではナイフを作っていく。板金を火床で熱し、適温で叩《たた》きつつ魔力をこめて形を作り、焼き入れと焼き戻しをしてから研ぐ。

特注モデルの場合ならともかく、今回は高級モデル、それも変わった素材ではなく扱い慣れた鋼だ。作業はスムーズに進んでいく。

正直、目をつぶっていてすらできるのではと思うが、さすがにそこまで舐《な》めた真似《まね》はできない。一つ一つの製品の品質管理は、俺が責任をもってやらなければいけないのだ。

剣は型に鋼を流して冷えるのを待つ必要があるので、みんなが作り置きしておいてくれた型にどんどん溶けた鋼を流し込んでいく。型に流すのも俺がやるときには容器の傾け具合だのがチートでわかるので、それに従ってやっていく。

「うーん」

一通り流し終え、昼飯にしようかというタイミングで手伝っていたリケが首を傾げる。何か手違いでも起こしただろうか。ちょっと今日は気もそぞろすぎるな、いかんいかんと思っていると、リケが言った。

「いえ、ちょっと不思議に思いまして」

「不思議？」

今度は俺が首を傾げる番だった。リケが頷く。

「カレンさんはなんであっちに行ったんでしょうねぇ」

「ああ……」

まぁ、疑問に思うわな。サーミャは分からんが、ディアナあたりも薄々思っていそうな気はする。

「とりあえず、それは昼飯を食いながらにしよう」

「え？　あ、はい、分かりました」

俺は火床と炉の火を一旦《いったん》落とす。火床の方は送風を止めるだけだが。そうしてから、二人で家の方に戻った。

「密偵……ですか？」

スープを呑《の》み込んだリケが言った。俺はパンを頬張りながら頷く。

「まぁ、可能性としてありえるという話だがな」

俺はそう前置きして、先日アンネと話したことをリケにも説明した。

姉妹弟子だからということもあってか、リケはなにかとカレンを気にかけていたので、もう少しショックを受けるかと思ったが、

「なるほど」

意外と反応はあっさりしていた。いつもの、ともすれば可愛《かわい》らしいとあらわせる表情はさほど曇っていない。

「驚かないんだな」

「ああいえ、驚いてますよ。ただ……」

リケの顔に一瞬の逡巡《しゅんじゅん》が走る。しかし、それは外で風の音がするのと同時に消えていた。

「なんと言えばいいんでしょう、手伝ってもらったときに違和感があったんですよね」

「違和感？」

「ええ。覚えてませんか？　昨日私は彼女に手伝ってもらいましたよね？」

「ああ、そうだったな」

「最初彼女だけで作っていたものは表に出せるかギリギリでした。でも、その後は普通に作れていたんです」

「そうだな」

それは俺も認めるところだ。リケの手伝いに回った後のカレンの製品の出来は、外に出して恥ずかしいものではない。改善の余地が多々あるのは確かでもあったが。

「逆にそれがおかしいなと思ったんですよ」

「え？」

「彼女、もしかして――」

リケは匙《さじ》を置き、まっすぐに俺を見た。

「もっとできるのに隠してないですかね」

俺は自分が目を見開くのを自覚した。

「それは、つまり、『うちであまり鍛冶仕事をやりたがらないのは実力がないのがバレるから』ではなく、『もっと実力があることがバレる機会を減らしている』と？」

「ええ」

リケは力強く頷いた。

「よく考えてみてください。それなり以上の品質のものが作れる鍛冶屋に素人を向かわせても、『見たし、貰《もら》ったけど確かに凄《すご》かったから多分あの人がそう』で終わってしまうのでは？」

「それは……そうだな……」

なんで気が付かなかったのだろう、と思うくらいシンプルだ。高級モデル（ちょっと気合いの入ったやつ）を彼女に渡した。

凄いものだということは使えば誰にでも分かるだろうが、その出来栄えを評することが例えば街の主婦にできるかと言えばできないだろう。

前の世界で言えばゾーリンゲンと堺《さかい》や関《せき》の包丁を比べて、どれも良く切れることは誰でも分かるが、どこの製品なのか分かる人間はそんなにいない、というのと同じだ。

俺たちの疑念がただの疑念でない場合、その「どこの製品なのか」を知る必要がカレンにはあるわけで、それにはある程度以上に目利きができなくてはいけない。

つまり、それなり以上の経験がないと厳しい。

となれば、カレンの本当の鍛冶の腕前は……。

「親方」

再び考え込んだ俺に、リケが心配そうに声をかけた。

「親方は、もし北方に帰らないかと言われたら、帰りますか？」

じっと見つめてくるリケ。俺はすぐに首を横に振った。

「いや。俺はここが終《つい》の棲家《すみか》だと思ってるよ。北方に帰る気はさらさらないね」

努めて明るく俺は言った。北方に行ったところで誰がいるわけでもない。俺が守りたいのはここでの〝いつも〟であって、それ以外ではないのだ。

大きくため息を漏らしたリケの頭を、久しぶりに俺はガシガシと撫《な》でるのだった。

昼飯を食った後は、二人で剣を作るのに集中した。

型に鋼を流し、冷えて固まるまで待ち、型から外したらそれを熱して形を整え（そして魔力をこめ）、焼き入れ、焼き戻し、刃付けとこなしていく。

慣れた二人の作業なので、作業はスムーズに進んでいく。途中で型が足りなくなるかと思ったくらいだ。

やがて、結構な数の剣が鍛冶場の片隅に積み上げられた。ナイフは木箱に入れてある。当然ながら個包装はしていないのだが、鞘《さや》には入れてあるので刃が傷んだりすることはない。

「数としちゃ、こんなもんかなぁ」

「十分だと思いますよ」

鍛冶場の中はまだ熱気が充満している。俺とリケは汗を流しながら、今日の〝戦利品〟を眺めた。

一昨々日《さきおととい》までと大きく違うのは、この後、風呂《ふろ》に入って汗を流せることだな。

「普通のは明日からも量産するわけだし、これは余裕で間に合いそうだな」

「ですね。まぁ、こんな速度で量産できるのがおかしいと言えばおかしいんですけどね」

「それはそうだ」

普通なら三週間をまるまる使うような量である。ここに来はじめの頃なら俺も三週間かけていたかも知れない。

だが、ここに来てしばらく、色んなものを作ってきた。中には一筋縄でいかないものもあった。未《いま》だにチートを頼りにしているのは変わらないのだが、少しずつそれが馴染《なじ》んできたような感覚もある。

鍛冶屋としてのんびり暮らしていくという目的だけなら、今くらいでゆるゆるとやっていくのも悪くないんだろうな。まぁ、せっかく貰ったチートなのだ、どこまで何ができるのかは知っておきたいので、もう少し頑張っていこうとは思っているが。

少し早めだが今日はあがりにしてしまい、火を落として後片付けを済ませていると、ドヤドヤと外から声が聞こえてきた。どうやら狩りに出ていたみんなが戻ってきたらしい。

俺とリケは表で出迎えることにした。そして、そこで俺たちが見たものは。

「うわぁ、ドロッドロじゃないか」

ヌタ場でドロ浴びを満喫した猪《いのしし》でもここまではなるまいというほどに、頭の天辺から足の先まで泥に塗《まみ》れた家族の姿だった。

「今日は猪を追いかけてたんだけど、途中でぬかるみになってるところがあってさぁ」

手足に生えている毛に泥をこびりつかせたサーミャが鼻の頭に皺《しわ》を寄せて言った。

「よりによってそこで倒れたもんで、みんなで仕留めようとしたら暴れる暴れる」

言葉を引き継いだのはヘレンだ。彼女もあちこちに泥をまとわりつかせていた。それでも他の家族よりも泥の量が少ないのは〝迅雷《じんらい》〟の面目躍如……でいいのだろうか、この場合。

「やっと仕留めたと思ったら、クルルちゃんとルーシーちゃんがはしゃぎまわってしまって……」

「ああ」

リディが続き、俺はため息を漏らした。リディもその綺麗《きれい》な髪にまで泥がついていた。クルルと

ルーシーから見れば、みんなで泥遊びをしているように見えたのかも知れない。さぞかし喜んで泥の中をはしゃぎまわったことだろう。容易に想像がつく。

当の娘さんたちはよほど楽しかったと見えて、今もご機嫌にあたりを走り回っている。

「これでも湖に沈めたときに少しは落としてきたんだけど、もう早いこと家に帰って温泉に入ったほうが良いんじゃないかって」

そう言ったのは、娘たちの様子を微笑ましさ半分、困り顔半分で見ているディアナである。せっかく出来た設備だから有効活用するのは良いことだと思う。

しかし、落としてきてこれ、ということは落とす前はもっと酷《ひど》かったってことだ。いつになく皆が疲れ切った顔（それもアンネなんかは泥でわかりにくいが）をしているのもむべなるかな、である。

「俺とリケも今日の分は終えたとこだし、このまま温泉に浸かりに行こう。家には泥をあげないようにな。靴は温泉に入る前に井戸水で綺麗に流しておくこと」

俺がそう言うと、ハキハキとは決して言えない返事が、まばらに返ってくるのだった。

◇◇◇

温泉が早速の役立ちっぷりを発揮して翌日。今日の午前中は獲物の回収、そして午後からは量産品を生産する予定だ。

水汲《みずく》みや身支度を終えて、朝飯を食う。

「そう言えば、ここの朝ご飯って北方風じゃないんですねぇ」

のんびりとした声でカレンが言った。すわ情報収集かと元々あった疑念が頭をもたげるが、そもそも米を欲しがっているのはカレンも知っているんだった。

「米がまだだからなぁ」

「ああ、そう言えばそうでしたね。いずれ手に入ったら、北方風に？」

「魚は干物か、この森のものでいいから、たまにはそれも良いかもな」

俺は味噌汁《みそしる》ならぬスープを口に運んで言った。塩漬けの肉の塩味と干し野菜の旨《うま》みがある。ここにそのまま味噌を入れてしまうと塩が強すぎるのでそうはしないが、肉を抜いて味噌を入れてもいいかも知れない。

出来れば昆布と鰹節《かつおぶし》も欲しいところなのだが、前の世界では初期の味噌汁は出汁《だし》もなにもなく味噌を湯に溶いて実を入れたものであったと聞くし、この世界でも似たようなものがあるみたいなので、いずれ米と一緒に食したいところだな。

「いいですねぇ。食べてみたかったです」

カレンはすっかり郷里に戻されるものとして話している。カミロの手紙ではすぐに戻されるような話ではなかったが、彼女としては戻される可能性が高いと見ている、ということだろう。

……それが本当は計画のうちなのかどうかはともかくとして。

「帰らないって話になったら食えるだろ。そもそも帰る話じゃあないってことらしいんだし」

いち早く朝飯を平らげたサーミャがそう言った。リザードマンは獣人に近いからなのか、それとも一緒に狩りに行った仲だからなのか、このところサーミャはカレンに気安い。

今後の展開次第ではサーミャにも悲しい思いをさせかねないのだが、疑念をサーミャに伝えることはなんとなく憚《はばか》られた。

アンネやリケには伝えたのに、我ながら不思議というか中途半端だなと思うのだが、疑念が本当だったとして、カレンについて何も知らずただの思い出として記憶しておいてくれる家族がいて欲しかったのかも知れない。

俺はサーミャの言葉に「そうですね」と笑うカレンを複雑な気持ちで見るしかなかった。

朝飯が終わって軽く片付けをしたら、神棚に拝礼をする。北方出身のカレンのそれは他の家族に負けず劣らず堂に入っている。

こうして一日の作業の無事を祈願したあと、家族全員で獲物の回収に向かった。

獲物の回収はスムーズに済んだ。いつもと少し違ったのは、獲物がやたらデカかったことだ。

「こんなデカブツ追い回してたら、そりゃあ泥だらけにもなるな」

湖に沈んだ図体を見た時、俺は思わずそう呟《つぶや》いたものだ。サーミャ曰《いわ》く、たまにこういうやたらとデカいのが現れるそうで、それは魔力の影響も多少あるだろうとリディが補足していた。

デカいだけでやることはいつもと変わらない。木に吊《つる》して皮を剥《は》ぎ、肉に切り分けていく。いつもよりかなり多くの肉になって、今後の家族の胃袋を満たしていくことになる。

そこにカレンがいるのかどうか、それが分かるまで後数日だ。

獲物を回収してきたときのお楽しみ、大量の肉のうち、保存しないものを焼いて味噌や醤油《しょうゆ》、そしてワインでそれぞれに味をつけたものを昼飯として出す。今日は午後も普通の作業なので、ここで精をつけておいてもらわなきゃな。

鍛冶《かじ》場の炉と火床に火が回ると午後の作業開始だ。これもみんな手慣れたもので、テキパキと作業をこなしていく。

俺の作業はカレンに見ておいてもらうことにした。勉強になるのかどうかはわからんが、ここで見せないのも不自然だと思ったからだ。

今日から作る量産品と高級モデルは仕上げの違いだけで、鎚《つち》で二、三度叩《たた》いて完成するというものでもない。思惑の有無はさておき、それなりに見ておくところはあるはずだ。

俺が見取り稽古《けいこ》を指示すると、カレンは一も二もなく頷《うなず》いた。そして俺の一挙手一投足、その全てを一瞬たりとも見逃すまいと作業を見ている。

こうやってカレンの様子を見ていると、疑念はただの杞憂《きゆう》で、いもしない幽霊にビクビクしているだけなのでは、と思えてくる。そうであればいいなとさえ。

俺は手早くナイフを作っていきながら、ちゃんと教えるつもりでやるのはこれがはじめてだったなと、ようやっと気がついたのだった。

◇　◇　◇

三日――正しくは二日と半日――の間、剣とナイフを作り、カレンはそれを見てとり、一日の作業の終わり頃に修行として実践するということを繰り返した。

リケの見るところでは「一進一退」だそうである。俺が見ても同じ意見だった。まだ判断するには早計だが。

納品の前の日、確定ではないが送別会として夕食を少し豪華にした。北方に戻るかもしれないのに北方風もあるまい、と思ってワインやブランデーをメインにしたソースでとっておきの鹿肉や猪肉のソテーにしてある。

サラダ……は無理なので湯がいた野菜と香草をあわせたものや、果物などもテーブルに所狭しと並んでいる。

「場所が場所なんでこれくらいが精一杯だが」

「いえいえ、とんでもない。とっても美味《おい》しいです」

カレンは顔の前でブンブンと両手を振った。いただきますと乾杯をした後、サーミャとヘレンは無心に肉を頬張っているし、リケは酒をあおっている。ディアナとリディは比較的穏やかに食べているが、ワインのペースがいつもより少し早い。

途中からは、北方でこういうときにどうするのかを皆がカレンに聞いていた。ゆったりと尻尾《しっぽ》を揺らしてカレンが答える。

「そうですねぇ、やることはそんなに変わらないですよ。ごちそうが出て、お酒が出て」

「北方のお酒ですか」

リケが聞いて、カレンが頷いた。前の世界でいうところのどぶろくや清酒はもちろんだが、清酒の酒粕《さけかす》からアルコールを蒸留して作った粕取焼酎《かすとりしょうちゅう》のようなものもあるのだ、とカレンが説明している。

焼酎の話になると、リケの目が輝くのはご愛嬌《あいきょう》か。もし今後も北方の物が手に入るならカミロに頼んどいてやるか。

ごちそうについても、加熱しない魚肉は刺身のようにそのまま食べることもあるにはあるのだが、基本的には酢〆《じめ》のようなものが主だそうだ。後は煮付けや少し山の肉を焼いたりしたものが中心らしい。

つまりは時間や手間がかかるか、食材そのものの入手難度が高いものがごちそうとして並ぶ。ここらは前の世界とも大差はないな。

かまぼこみたいなものもあるそうで、カレンはそれが好物だそうだ。彼女がリザードマンだから好きなのか、個人的なものなのかまでは流石に聞けなかったが。

日持ちがするなら食べてみたいところではあるが無理だろうなぁ。こっちで作るか。

ささやかながらもにぎやかな送別会はいつもより少しだけ長く続き、俺たちは納品の日を迎えた。

朝の日課をひと通り終えたら、荷車を引っ張り出して納品する品を積み込んでいく。

纏《まと》めて簀巻《すま》きにされた剣と、通い函《ばこ》に収まったナイフ。これがうちの「主力商品」だ。日用品は自由市で売れなかったので作っていない。主力以外には時折、槍《やり》を納品しているくらいか。カミロに聞くところによると「あれはあれで結構売れる」とのことだった。カミロの知人の商人も「自分の護衛に」と買っていくらしいので、今後売れ行きが伸びていくこともあるかも知れない。

久しぶりに街までお出かけということを察してか、娘たち三人ははしゃいでいる。来た当初はもう少し大人しかったハヤテも、このところ少し感情のようなものをあらわすようになった。

今日みたいに走り回るクルルとルーシーのそばを小さく鳴きながら飛んでいる。まぁ、もしかするとお姉ちゃんとして窘《たしな》めているのかも知れないが。

そうやってはしゃいでいたクルルと荷車を繋《つな》いで、全員が乗り込んだら出発だ。ルーシーも荷車に飛び乗るのがさまになってきた。

それでも可愛らしい我が子だと思ってはいるが、そろそろ「子狼《おおかみ》」から「子」をとってもいい頃合いなのかもなぁ……。

いや、猫は一歳くらいでもまだギリギリ子猫と呼べるはずだ。つまり狼も同様と考えれば、あと半年かもう少しくらいは「子狼」と呼んでいいはず。

そんな俺の内心を知ってか知らずか、足に頭を擦《こす》り付ける我が子の頭を俺はそっと撫《な》で、クルルと、彼女の頭に留まったハヤテの上げた声で、荷車は一路街へと向かっていった。

5章　北方からの使者

ガタゴトと荷車は揺れる。あまり幸先のよろしくないことに、出かける段になって空には雲がかかり、〝黒の森〟を照らすスポットライトは全ての照明を落としてしまった。

晴れの日でも暗いこの森が、より一層の暗さを得る。もうこの暗さに慣れてきた俺でも、不気味さが増してるなぁと思うほどなので、この森に住んでいない人間なら尚更《なおさら》だろう。

「あらためて凄《すご》いところにいたんですねぇ、私」

あたりを見回しながらカレンが言った。彼女は今ここにいる誰よりも滞在した期間が短い。そういう感想になるのもむべなるかな、である。

「それはね。私も時々はそう思ってるからね」

「私もですよ」

ディアナとリディもそれに乗った。アンネとヘレンは口には出さないが、頷いているので、そういう感覚は残るものらしい。サーミャはともかく、リケが頷いていないのは慣れの問題だろうか。

「ま、だからこそ、みんなここに来たってのもあるわけだが」

〝黒の森〟は「うかつに立ち入れば死を免れない」とまで言われている。そんなヤバいところに住んでいるはずがない、住んでいたと分かったとして手の出しようがない、というのがうちに滞在する最大のメリットだ。

これは表向きにはしていないが、うちには〝人避《よ》け〟の魔法もかかっているので、到達できるような人間も限られている。

そう言えば、カレンがもし北方へ戻るってなったら、ハヤテたちはどうなるんだろう。俺はクルルの頭に留まっているハヤテを見やった。

彼女は今、鳥のように翼の一部を綺麗《きれい》にしているところだ。表現はアレだが買い取りみたいな形なので、カレンが戻ってもハヤテたちを戻さないといけない道理はない。

だが、それはまっとうにうちで修行を終えて円満に戻っていく場合の話で、「全てご破算な」という流れになる可能性は十分にある。

そうなった場合は当然、ハヤテたちの買い取りもなくなるだろう。一応対価は払っているので粘るつもりもあるが。

それでも一緒に戻るとなると、新しい連絡手段を構築する必要がある。その時は……別の小竜をカミロに調達してもらうのが良いのかな。

その時の名前はコガラシとかフブキとか、ハヤカゼとかそういう名前にしようかな。器用なことにクルルの頭の上で居眠りをしようとしているハヤテを見て、できればそんな未来にはなってほしくないと願いながら、俺は気を紛らせた。

晴れの日には気持ちよい青空と草原を見せてくれる街道だが、そこも今日はあいにくの曇天でいつもの気持ちよさはなく、陰鬱《いんうつ》な感じをまとっていて、いつもならそっと草を撫でていく風も幾分乱暴になっていた。

時折、上空を優雅に舞っている猛禽《もうきん》らしき姿も今日はない。俺たちは周囲の警戒を強くした。

「今日みたいな日は何が出るか分からん。風も強いし、少し警戒を強くしよう」

「伯爵閣下のおかげでここいらはかなり安全だけどな」

俺の言葉にヘレンが返した。口調は気軽だが、その目は周囲を鋭く見ている。サーミャも頭を動かしながら、クンクンと臭いでも警戒を続けていた。

俺たちは時折こうして街へ出かけはするが、姿を晒《さら》しているのは半日もない。ただ、それは定期的なものなので、襲うつもりがあればこのタイミングだろう。

しかし、こうして異常を察知するのに長《た》けているサーミャとヘレンがいるのだ。何かあれば俺たちはたちまち〝黒の森〟に引っ込む。

久しぶりの街道は、曇天であることが残念な以外はいつもどおり、平和に通行できた。三週間ぶりの街の入り口が見えてくる。普段と一週間しか変わらないのに、随分と懐かしいような気がするな。

俺たちが入り口に差し掛かると、ちょうど街道の巡回に出ていくらしき衛兵さんたちとすれ違った。動きやすいようにだろうか、装甲箇所を減らした甲冑《かっちゅう》を着て、手には槍。腰には剣を佩《は》いていて、なかなかに物々しい。

隊列を組んで進んでいく中に、顔見知りの顔もあったので、俺は声をかけた。

「今から巡回ですか？　ご苦労さまです」

「おお、あんたらか。あんたらが何事もなく到着したってことは、今んところ街道は大丈夫そうだな」

顔見知りのうちの一人がそう言って笑う。俺も「ええ、皆さんのおかげで」と笑って返し、互いに軽く手を振って別れた。

入り口にはいつもの衛兵さんが立っていて、ニヤッと笑い、片手を挙げるだけで通してくれる。俺たちはそれに頭を下げて、久しぶりの街へと入った。

雨の降らないうちに用事を済ませたい、ということなのだろうか。いつも来るときよりも道に溢《あふ》れる人の数が多い。ルーシーはいつも通りに荷台から顔を出して、いくらかの人を一瞬ぎょっとさせ、強面《こわもて》の露天商のオッさんを含む人々を和ませている。

荷台の縁から背伸びをするようにしてかろうじて頭を出していたルーシーは、今その背伸びをしなくても頭を出せるようになっている。

俺は将来の懸念を一つ口にした。

「今はいいけど、そのうち頭を出しちゃだめって言わないといけないかな」

「噛《か》みつかなかったら良いんじゃない？」

ディアナがルーシーの背中を撫でてやりながら言った。

「そういう素振りを少しでも見せたら駄目にする、で大丈夫でしょ」

「街の決まりとかには……ないよな」

「そうね」

他ならぬこの街の領主の、妹様のご発言である。時折、忘れてしまいそうになるが。ともかく、それなら俺もあまり反論はない。俺は頷くことで了解の意を示した。

やがて、荷車はカミロの店に到着した。曇天だからだろうか、それともこの後に待っているものが、もしかしたらあまり気持ちの良いものでないと、俺が思っているからだろうか。

俺ははじめて、この店が少し不気味に見えたのだった。

俺の印象はともかく、カミロの店はいつもどおりそこにある。店頭は人で賑《にぎ》わっているようで、外を通りがかると喧噪《けんそう》が聞こえてきた。

俺たちは店頭に用はないので、そのまま裏手に回っていく。そちらはいつもどおり、少しのんびりとした空気が流れていて、俺たちの姿を認めた丁稚《でっち》さんが駆け寄ってきた。

「おはようございます！」

「ああ、おはよう」

まだ倉庫に荷車を入れてなかったので、丁稚さんにも手伝ってもらって荷車を倉庫に入れておく。この後の作業は俺たちの仕事ではない。

「それじゃ、今日もよろしくな。今日はもしかすると、出てくるのが遅いかも知れないが……」

「大丈夫です！　お任せください！」

ドンと胸を叩《たた》いて請け負う丁稚さん。その頭にポンと手を置いて、俺はいつもの商談室へと向かった。

いつもなら、俺たちが先に商談室に入って、その間に俺たちの到着を店員さんたちがカミロに知らせてくれる流れになっている。

だが今日は、商談室に入ると既にカミロと番頭さんが待っていた。倉庫に荷車を入れるのに手間取ったわけでもないので、ずっと朝からここにいたようだ。机には普段は置いてない書類がいくつか広げられている。

うっかりいつもの調子で扉を開けてしまった俺は少し面食らった。

「おお、来たな」

「すまんな、突然扉を開けてしまって」

いつもの調子で挨拶《あいさつ》をするカミロに、俺は素直に謝った。今日は別の客がいるかも知れない日である。いきなり扉を開けるのはどう考えても迂闊《うかつ》だ。

カミロは苦笑すると、手をヒラヒラと振った。

「なぁに、この辺なにも言ってなかった俺も悪いんだ」

「ありがとう」

そう言って、俺たちは着席した。とりあえずは今日の商談である。商談自体はつつがなく進んでいく。

「他のことをやっててな。それでも納品物の数は十分あるはずだから、確認しておいてくれ」

「わかった。うちにあるもので追加で必要なものはあるか？」

「今は特にないかな。北方のもので新しいのが入ってきてたら欲しいところだが」

「今回は無いなぁ」

「だろうな」

俺は肩をすくめた。今回の件ではカミロが直接出張ったのだ、別ルートで仕入れや逆に卸をしていたにしても、それどころで無かったのは間違いない。

カミロが合図すると、番頭さんは一度部屋を出て、すぐに戻ってきた。今日の諸々《もろもろ》は別の人に任せたらしい。

「それじゃあ、今日の本題に入ろうか」

カミロの言葉にゴクリ、と生唾《なまつば》を飲み込んだのは、俺だったかカレンだったか、それとも他の誰かだったろうか。

カミロが再び目配せをすると、番頭さんが出て行った。

「お前たちはこっち側へ回っておいてくれ」

「あの、私は……?」

おずおずとカレンが手を挙げた。俺たちはとりあえずカミロの座っているほうに移動する。

「お嬢さんは……こちら側へ」

言われてカレンは俺たちのいる方へと回ってきた。端っこのほうにいようとするので、流石《さすが》にそれはと真ん中の辺りに移動してもらった。

ややあって、商談室の扉が開けられる。最初に入ってきたのは番頭さんで、手で入室を促していた。

それに従って入ってきたのは、数人のリザードマンたち。皆北方風の服装――つまり、俺から見れば和服だ――を身に纏《まと》っていた。顔はトカゲのような顔ではなく、ごく普通の北方人の顔に鱗《うろこ》のようなものがちょくちょくあるくらいだ。

一番の特徴は顔では無く身体《からだ》のほうで、皆トカゲのような尻尾《しっぽ》が生えている。そのせいもあって

か、並んでは部屋に入りづらいらしく、少し間隔を空けて入ってきていた。

と、年かさのほうのリザードマンを見たカレンが思わずだろう、声をあげた。

「父上!?」

なるほど、こっちがカレンのお父上か。俺がそう思っていると、

「カンザブロウ・カタギリと申す。カレンの父親であります」

年かさのリザードマンがそう言って頭を下げた。カタギリでカレンの父親。今回来ないであろうと思われていた人だ。確か聞くところによれば旗本でかなり偉い人のはずなのだが、その前情報に反して腰が低く、フットワークは軽い。

まぁ、今まで会った中で偉さの割にフットワークが軽かったのは、帝国の皇帝陛下だが。

「私はケンザブロウ・カタブチでございます。南方で言えばカタギリ家の〝お付きの者〟と思ってくだされば結構です」

そう言って、年若いリザードマンが頭を下げる。合わせて二人ほどいる若い女性のリザードマンも頭を下げて、それぞれあまり大きくない声で名乗った。どうも二人も〝お付きの者〟っぽい。

そして、伝令として来たのはどうやらカタブチ氏だったようである。

「これはご丁寧に。私が〝エイゾウ工房〟のエイゾウでございます」

立ち上がった俺はそう言って頭を下げた。頭を戻すと、カレン父の眼《め》がスッと細められている。

「家名を伺ってもよろしいかな」

「北方を出てくるときの事情がありまして、無い、ということにしておいてくださいませ。この見

た目ですし、出身が北方であることは隠せないので、名前はそのままですが」

俺は予《あらかじ》め用意しておいた理由をさらりと答えた。これはあながち嘘《うそ》でもないので、サーミヤでも気がつかないはずである。

俺の家名を知っているかどうかは半々だなと思ったが、まだ伝わっていないらしい。カレンが伝えている可能性もあったが、それはなかったようだ。カミロも伏せてくれたんだろう。

カレンがうちにくることになってから時間も経《た》っていて、何かのルートで調べれば分かる可能性はあると思ったのだが、それもしなかったのだろうか。

「なるほど」

食い下がるかと思いきや、カレン父はあっさりと引き下がった。家名はどうでも良いと思っているんだろう。

ディアナが続いて名乗ろうとしたが、俺は後ろ手に合図し家族の皆を名乗らせずにおいた。一つでも余分に情報を渡さないためである。

「それで、カレンの師匠がそちらだと?」

「ええまぁ、そういうことになっていますね」

ジロリ、と今度は俺の腹の内を見透かそうとするかのように、ほとんど睨《にら》みつけている視線でカレン父が言い、俺は何でもないことのように返した。

「ふむ……失礼だが、それは刀ですか?」

「ええ。素人拵《こしら》えですが」

俺たちは店に入るときも一応腰のものは外さずに入る。着席するときには邪魔になるので一旦《いったん》脇に立てかけて置いたりはするが。俺の〝薄氷《うすごおり》〟ももちろんだが、アンネの両手剣などは背中に担いだままでは着席にも支障があるしなぁ。

「拝見しても？」

「ええ、もちろん」

俺は自分の脇に置いたものを差し出した。

「どうぞ、ご覧ください」

ヘレンがスッと俺の斜め後ろ辺りに陣取った。彼女はショートソードなので、二つとも身につけたままだ。俺を挟んで反対側にはディアナも立っている。

いざという時はディアナが俺を引き倒し、ヘレンが応戦する肚《はら》だろう。

「では」

と、カレン父は小さく頭を下げ、〝薄氷〟を抜いた。青生生魂《アポイタカラ》製の薄青く光る刀身が姿を現す。

俺は部屋の温度がほんの少し下がったような錯覚を覚えた。

カレン父は〝薄氷〟を青眼に構えたり（ヘレンが柄《つか》に手をかける音がした）、横にして輝きを見たりと、しばらく〝薄氷〟の刀身を眺める。

カレン父が一通りそういった動作をして、〝薄氷〟は再び鞘《さや》に収まった。

手にした〝薄氷〟はまだ俺の手には戻っていない。ヘレンには「居合い」の話を以前にしていたからだろう、後ろから漂ってくる殺気が少し強まったのを俺は感じた。

カレン父は一度大きく息を吐いた。感嘆なのか、呆《あき》れなのかは俺には知るよしもない。

そして、朗々たる声でこう言った。

「エイゾウ殿、貴方《あなた》には一つ頼みたいことがある」

カンザブロウ——カレン父が〝薄氷〟をテーブルに置いた。背後からの殺気がほんの僅《わず》か薄らぐのを感じる。

俺は置かれた〝薄氷〟を手元に持ってきて、口を開いた。

「まだご依頼を伺う前で失礼ですが、我々に言っていないことがあるのでは？」

カレンに対する疑惑の話のつもりだった。下手くそだが、カマをかけた形ではある。サーミャに視線を送ると、彼女は小さく頷《うなず》いた。これで嘘をついたら分かるわけだ。

カレン父はピクリ、と片眉《まゆ》を上げた。キレさせてしまっただろうか。悲しいかな、理不尽な怒りには前の世界で耐性が出来てしまっているので、多少のことでは動じないのだ。

しかし、俺の懸念とは逆に、カレン父は深々と頭を下げた。

「これは大変失礼をしました。我が娘を預かっていただいた上に、ご足労いただいた御礼《おれい》をまず申し上げるべきでした。大変申し訳なく」

「ああ、いえ……」

前の世界でトラブルがあったとき、客先にうちの瑕疵《かし》でないことを説明しに行ったら、そこの社長が頭を下げてきたようなもので、俺は面食らってしまった。

だが、これで煙《けむ》に巻かれたままなのもな。もう少し踏み込んでみるか。

「いえ、そちらではなく、カレンさんの本当の目的を教えていただきたいのです」

カレン父は目を見開いて言った。

「本当の目的、とは？」

まぁ。これくらいの返答はしてくるだろう。チラッとサーミャの方を見ると、耳だけを器用に左右へ動かしている。

これだけでは「嘘をつこうとしている」かどうか分かりにくいので、サーミャの鼻にも引っかかりにくいのかも知れない。

もう少し具体的に踏み込んで、回答が嘘がどうか分かるようにするか。

「カレンさんが鍛冶《かじ》師として私に弟子入りすることは目的ではなかった。違いますか？」

逡巡《しゅんじゅん》しているのだろうか、カレン父がほんのわずか目を泳がせた。

そして、彼が口を開く。

「いや……」

否定の言葉からはじめたところで、静かにカレンが割って入る。

「父上……いえ、伯父上、正直に話されたほうが良いです。なにせ……」

割って入ったカレンに彼女の父……いや、伯父が面食らった顔になる。

「獣人のサーミャさんは『嘘が分かる』そうですので」

カレン伯父はぎょっとした顔でサーミャを見たあと、俺を見た。俺は頷く。狩りのときにでも話してたんだだな。

「失礼ながら、伏せさせて頂いておりました」

苦々しげな顔になるか、憤慨して退室するかと思ったが、カレン伯父は真剣に考え込んでいる。嘘をつかず、さりとて言って良い範囲はどこまでなのかを検討しているのだろう。

少なくとも怒りなどでごまかして有耶無耶《うやむや》にするつもりはなさそうだ。

「カレンさんは『思い立って』などではなく、ある程度ちゃんとした鍛冶の経験がある方で、職人としては一人前。今回は私の腕前を見定め、何者であるのかを探るためだけにやってきたのであって、どうあろうと弟子入りは中途で切り上げるつもりだった、と私は見てますよ」

俺の近くから、小さく「えっ」という声が聞こえた。このあたりの話をしてなかったディアナの声だ。……ディアナには後で謝っておこう。

本来であれば、バカ正直にここまで言う必要はない。だが、これを否定する場合に嘘が含まれればそれが分かる。

この期に及んで何か嘘を言うなら、俺はそこで退室するだけだ。カミロの顔に泥を塗るかもしれないし、そうなったら卸先をまた探さないといけなくなるだろう。

そうなれば四方八方に迷惑をかけてしまうし、我が侭《わまま》であることは分かっているのだが、折角のこの世界での暮らし、あまりそういう我慢はしたくないのだ。

「申し訳ない」

少しの沈黙のあと、カレン伯父は頭を下げてそう言った。ケンザブロウ氏が少し驚いたような表情をしている。

「あなたの言っていることはあっています。北方から流れてしまったものがある、という話があって、こちらで収められれば良かったのですが、それもできなくなり……。そこで、カレンに頼んであなたのもとへ行ってもらい、身元を探らせました」

カレン伯父は俺のほうを見る。その目は真剣であるように俺には思えた。

「ですので、カレンは私の頼みを聞いたまでです。言えた義理ではないのを承知で、どうぞ彼女については悪く思わないでやってください」

「伯父上……」

心配そうにカレンは自分の伯父を見やった。サーミャのほうをそれとなく見ると、首を縦に振った。嘘が含まれていることはなさそうだ。

「詳しい事情については、今はお伺いしないことにします」

言えるならとっくに言っているだろう。今ここで言っておけば俺たちの心証が多少なりと良くなる可能性があるのに言わなかったのは、つまり、ここで言うわけにはいかないということだ。

それが俺たちにどう思われるかを理解した上でなお言わなかったのだ。問い詰めたところで語るまい。

「かたじけない」

カレン伯父は深々と頭を下げた。

「それで頼みというのは」

「いえ……今更頼むことはできますまい」

カレン伯父は頭を横に振った。

こんな出会いでなければ、この人とも仲良くできた可能性はある。そう思うと少し哀《かな》しさを覚えなくもない。

そして、カレンとも。少なくとも鍛冶に対する情熱を持ち合わせているように、俺の目には見えていたのだが……。

その時、カレンがパッと土下座をした。俺たちの側にいたから、俺は驚いて思わず一歩後ずさってしまう。

「申し訳ございませんでした！　しかし、私を弟子にしていただきたく存じます！」

カレンは床に頭をつけたまま、そう言った。その状態から顔を上げて、カレンは続ける。

「最初に見せていただいたもの、あれでもエイゾウさんの一番上ではないと聞き及びました。不出来とはいえ鍛冶師の身、どこまで行けるものか、知りたいと思ったことは本心なのです。不義理を働いた分際で不躾《ぶしつけ》であることは重々承知しておりますが、なにとぞ！」

どうしたものかと、俺は再び考え込む。

「……すんなり『お引き受けします』とは言いがたいのが正直なところです」

少し考え込んで、俺はそう言ったが、カレン伯父とカレンに極端にガッカリした様子はない。

「貴方のところをスパイしてましたけど、弟子入り良いっすか」で「はい」と答える人がそういないことは理解しているようだ。

家族からの反応は無い。放置というよりはまぁ、弟子の話なら判断するのは基本俺だし、口出しするのははばかられる、と思ってくれているのだろう。

「北方から技術力の流出のおそれ、という面では理解はしますし、事情があることもわかりましたが、一度信用できなくなってしまった方を弟子として置いておけるほどの心の広さは私にはありません。申し訳ないですが」

一瞬だけ逡巡したが、せめてもの礼儀として俺は頭を下げた。

あとはできて腰のものを見せてやるくらいのことで、それもヘレンが守ってくれるだろうという甘えがあってのことだ。あれも後でヘレンにも怒られそうだな。

俺の技術を得る、という点においてはリケも変わらない。押しかけてきたし、ドワーフの弟子入りの風習だと言われたが、インストールに該当する知識は無かったので、疑う余地はいくらでもあっただろう。

まぁ、インストールにはこの世界で生きていく上で無いと困ること以外の知識はあんまりない。

例えば貴族に対して極端に無礼な対応をして、打ち首になってしまわないように、その辺りの簡単なお作法の知識があるし、動物が食べられるかどうか、傷や熱に効く薬草など、生命活動を行う上で重要になりそうな知識もあるのだが、細かい地域や種族の風習、動物の生態は入っていない。

そういうものは自分で調べるなり会得したほうが楽しかろうという、ウォッチドッグの計らいだろうと思うことにしている。

それはともかく、最初はなし崩しではあったがゼロスタートでも、ここまでの経緯で信用を得てきたリケとは違い、カレンはマイナススタートだ。

少なくともゼロにしてからでないと、受け入れることは難しい。

「……そうですか」

眉尻《まゆじり》を下げ、カレンはふう、と息を吐き。ため息というよりは、つかえたものを吐き出すかのような、そんな吐息。

「流石に調子が良すぎました。申し訳ないです」

カレンは再び頭を下げる。頭の下げあいっこにならぬよう、こちらは頭を下げずにおいた。

「それではこれにて失礼 仕《つかまつ》ります」

驚くほどあっさりと、北方使節団（のようなものだが）は部屋を出ていった。多少慌てたように番頭さんが付き添って出ていく。もう少し食い下がるなりするものかと若干身構えていた俺は拍子抜けをした。

去り際、カレンの様子を窺《うかが》った。あまりガッカリした感じはない。さりとて、にこやかにしているわけでもないので、どういう感情なのかはよく分からずじまいだった。

北方使節団が去ると、部屋に一気に弛緩《しかん》した空気が流れた。だが、もう一つ確認しないといけないことがある。

「で、だ」

俺はカミロの方を見やった。

「お前はどこまで知ってたんだ？」

言われたカミロは真剣な表情で口ひげを触った。「何をどこまで伝えていいか」を悩んでいるときの奴の癖だ。雰囲気でヘレンが焦《じ》れているのが分かったが、ここを急《せ》かしてもなぁ。

ややあって、カミロは口を開いた。

「カレン嬢が密偵のようなものだ、というのは知らなかった、てのだけは信じてほしいところだが」

「お前ほどの商人が裏を取らなかったのか?」

「裏は取ったさ」

カミロは苦笑した。流石に俺に紹介するのに、連絡手段欲しさに何もせずにいたわけではないらしい。

「ただ、お前も北方、向こうさんも北方ってことで多少甘かったのは確かだ。そこはすまなかった」

今度は頭を下げるカミロ。俺とカレンたちは同郷の人間ということになっているわけだし、「北方同士ならそういうもんか」くらいで見逃してしまった部分があるんだろうな。

「頭を上げてくれ。その辺はお前に任せっぱなしにしている俺も俺だ」

俺もかなり迂闊《うかつ》であったことは間違いない。もう少し前から気にして、早めに指摘ができていれば、ここまでカレンにマイナスをつけることもなかっただろう。

そうすれば最低限、話を前に進められたかもしれないのだ。そこは俺の反省するところだと思う。

「それで、随分とあっさり引き下がったように思ったが」

一旦《いったん》話を切り替え、俺は先程の様子に対しての疑問をカミロにぶつけた。

「この後、彼らは都に行く予定だからな。とは言え、ここまでさっさと行くとは思ってなかったが」

「ほう。あ、もしかして」

俺には思い当たることがあった。三週間前、最後にここに来たときに少し話した事柄。

「そう、侯爵と伯爵に会いに行くのさ」

「その内容は……」

カミロは首を横に振る。あまり俺が知る必要のないことだ、ということらしい。

「何かあればすぐに教える。なに、今度はヘマはしないさ」

ニヤリと、しかしどこか怒気をはらんだ笑い方でカミロは笑ったのだった。

6章　彼らの〝いつも〟

とりあえず他に用事も無い。俺たちは今日のところは帰ることにした。

「次はまた二週間後でいいか？」

椅子から立ち上がりながら、カミロに尋ね、彼は頷《うなず》いた。

「ああ。何かあったら連絡する」

「分かった」

今度は俺が頷いて、納品したものから購入したものを差し引いたぶんの代金を受け取って、部屋を出た。

いつものとおりに丁稚《でっち》さんにチップを渡し（ハヤテのぶん今回からわずかばかり額を増やした）、娘たちをお迎えしたら、買ったものを満載している荷車をクルルに繋《つな》いで出発である。

この間、皆ほとんど何も言わなかった。丁稚さんが小首を傾《かし》げるほどだったので、相当に静かだったことは確かだ。

リケが手綱を操るとゴトゴトと音を立てて、荷車は街路へと出ていった。

街路は来た時と同じく人でごった返している。空の女神様はいよいよ今にも涙を零《こぼ》しはじめそうで、早めに用事を済ませようとしているのか、両手に荷物を抱えた人が多い。

クルルがその人の波を上手にかき分けながら、荷車は街の外へと出ていった。

「さて、それじゃあリディ」

街の入り口の衛兵さんに挨拶《あいさつ》をしてしばらく。俺はリディに声をかけた。リディはこちらに顔を向ける。

「ちょっと見てくれないか」

「……ああ。わかりました」

一瞬頭に疑問符を浮かべたリディだったが、俺がついとハヤテに手を伸ばすと頷《うなず》いた。

カレンがいないことを理解しているのかいないのか、ハヤテは俺の腕に乗り移ってから落ち着いている。

リディがそっとハヤテに手をかざした。ハヤテは小首を傾げているが、特に嫌がる様子はない。しばらく撫《な》でるように手を動かし、リディは手を遠ざけた。

「どうだった？」

「大丈夫そうです」

俺はほっと胸を撫でおろす。ハヤテは翼の手入れを始めた。それを見ていたディアナがおずおずといった感じで尋ねてきた。

「今のは何をしたの？」

「ハヤテに何か魔法がかかっていないか確認してもらった」

俺が気にしたのは、ハヤテの視覚なり聴覚なりを共有する魔法がかかっていないかどうかだ。

もし、そのたぐいのものがかかっていたら、俺たちのことは筒抜けになるかもしれない。まぁ探られて痛い腹でもないし、気にしなければそれまでなのだが。

「この子には何もかかってませんでした。もし〝遠見〟の魔法を使われたら、この子は関係ないですが、あの場所に限っては大丈夫だと思います」

リディは荷車の上の皆に聞こえるくらいの声で言った。

「あの場所に限って、ってのは？　あそこにまだ何かあるのか？」

そう尋ねたのはヘレンだ。他の家族も思ったらしく、ウンウンと頷いている。

「あそこは魔力が濃いので、その場で魔法を使ったりするぶんには都合がいいんですけど、〝遠見〟みたいな離れた場所から使う魔法の場合、かき乱されやすいんですよ」

「はー、そういうのもあるのかぁ」

感心したようにヘレンが言う。なるほどなぁ。あの場所……つまり、我が工房は魔力が強くて樹々《きぎ》も避ける（草は少し生えている）ほどで、普通の動物は近づかないし、〝人避《よ》け〟の魔法のおかげで普通の人間は分かっていても近寄れない。

それだけでも十分な防犯なのだが、遠距離からの監視などにも対応しているとは。

アンネが口を開いた。

「じゃ、仮に〝遠見〟の魔法が使えるからいいやと思ってさっさと帰ったんだったら」

「今頃がっかりしてるかも知れませんね」

ニッコリとリディが微笑《ほほえ》む。〝遠見〟の魔法はある程度場所を知っていないと使えないらしい。

仮にリディが〝遠見〟を使えたとしても、極端な話ここから北方を見ることはできない。

カレンをうちに寄越《よこ》したのは、その辺の意図もあったのかも知れない。リディはそう付け足した。

「まぁ、とりあえずは何事もなさそうで良かったよ」

「そうねぇ。それはともかく」

俺の言葉に、ディアナが反応する。

「家についたら、説明してくれるんでしょうね？」

表情はにこやかだが、確実に、ハッキリとした迫力のディアナに俺は頷くしかなかった。


「じゃあ、途中で気がついてたってことね」

「確信はなかったが、そうなるな」

家に帰って一通りの用事を済ませた夕食後のこと。ディアナとリディがため息をつき、サーミャが感心をしている。

「と言っても、確証があったわけでもないぞ。『こう考えたら、一番自分が納得できる説明がつくな』って話で、結果としてそれが正しかったというだけだ。言い訳にしかならないけど」

俺が言うと、ディアナは再びため息をつく。

「まぁ、わかったわ。貧乏くじを引いたのが私たちなのか、アンネなのかは難しいところだけど」

それを聞いたアンネが肩をすくめた。余計なことにちょっと巻き込んでしまったのは反省点ではあるのだが、周囲から見たら気のせい以上のものでなかったりするかも知れんからなぁ。

「アタイはそれより、〝薄氷〟を渡したほうがヒヤヒヤしたよ」

「ああ、あれは……いや、すまん」

ボヤくヘレンに俺は素直に頭を下げる。アレは完全にヘレンに甘えてたからな。

「今回は大丈夫だったけど、あの爺《じい》さんは結構やるぞ」

「そんなにか？」

「ああ」

ヘレンが頷いた。すぐに彼女はニヤリと笑う。

「ま、こっちもアポイタカラ製の武器だからなんとかできただろうけど」

「それなら……」

そんなに気にする必要はないのではないか。そんな楽観的な言葉は続かなかった。ヘレンが真剣な眼差《まなざ》しになる。

「だからと言って、ホイホイ渡して良いもんじゃないのはちゃんと理解しろよ」

「……はい……」

俺の〝薄氷〟はアポイタカラ製だ。普通の剣で受けようとすれば、剣ごと斬り裂くだろう。そんなものを、怪しむべき相手にホイホイ渡してしまうのは迂闊だろうと言われても、それは仕方がない。今後、見せる可能性も考えて、鋼で脇差を一振り打つのも良いかも知れないなぁ。

「それはさておきだ」

我ながら無理矢理な話題転換だったが、皆乗っかってくれたらしく、俺に視線が集中する。

「カレンたちはどうしてくると思う？」

俺が言うと、皆考え込んだ。ややあって、アンネが口を開いた。

「都に行った、ということは、上の方から無理やり突っ込んでくる可能性はあるわね」

「兄様がそうするかしら」

「エイムール伯爵は友誼《ゆうぎ》とデメリットを考えたら首を縦には振らないでしょうね」

どこかしらホッとするディアナ。そこへリディが口を挟む。

「となると、侯爵ですか」

「来るとしたらね」

「でも……」

「そう、エイゾウの機嫌を損ねたら、帝国に出奔しかねない……と思うでしょうね」

アンネの言葉に俺は口をとがらせた。

「そんな偏屈なオヤジに見えるかね」

「あら、実際北方からは出てきたわけでしょう？」

「うっ……」

笑って言ったアンネに、俺は言葉をつまらせた。そうだった。事情があって北方から出てきた実績がある——ということになっているのだ、俺は。

その事情は侯爵に説明していないし、この森でないと十全に力を発揮できないことも説明していない。周りから見たとき、俺は厄介事を嫌って北方を出て、〝黒の森〟などというこの世界でも有数の辺鄙《へんぴ》な場所に隠れ住むようにやってきた鍛冶屋《かじや》、なのだ。

そんな男が王国での厄介事に巻き込まれた時、どういう行動をしそうだろうか。しかも、帝国の皇帝と直接会ったことがあり、皇帝の係累が直《す》ぐそばにいるのである。

「それに以前、偏屈な鍛冶屋だって親方自身でおっしゃってませんでした？」

「言った……気がする」

リケが意外と容赦なく俺に追い打ちをかける。俺は堪《たま》らず両手を挙げた。

「分かった分かった。その点については認めるよ」

そう言うと、家族全員から笑い声が漏れる。

「俺の偏屈さはともかくだ、もし『王国に対する何らかの条件と引き換えに、カレンを預かることを承諾しろと言われているから、すまんが頼まれてくれ』と言われたらどうするかね」

「それに応じないといけない義理は、正直あんまりないわね」

アンネがおとがいに手を当てる。俺が応じないことで王国に多少の不利益が生じても、俺にとって「知ったことではない」のは確かである。

確かなのだが、しかし。俺は頭の後ろで手を組んだ。

「かと言って積極的に断る理由も、実際にはあんまりないんだよなあ」

弟子入りかと思って受けたら産業スパイでした！　みたいな話ではあったのだが、純粋に技術を身につけて帰りたいだけなら、それは弟子入りではあるのだ。

家族に累が及ぶ可能性もなくはないのだが、向こうとしてもそれをしていよいよ北方から心離れさせるようなことはすまい。となれば、後は俺の感情だけになってくる。実際カミロの店で断ったのは、俺の心情の問題も大きかった。

そしてそれは大きな理由ではあるが、呑《の》み込んでしまえばなかったことにできなくはない。それで腹を壊すこともなさそうだしな。

侯爵と伯爵に貸しを作るメリットと天秤《てんびん》にかけてどうなのか、と言われるとなぁ。なるべくいい形に納めたいのはそうなんだが……。

俺がそう思った時、家の扉がノックされた。家の中は水を打ったように静まりかえり、カチャリ、とヘレンがナイフを手にする音がやけに響く。

クルルやルーシー、ハヤテが騒ぐ声は聞こえなかった。多分知り合いだろうと思うが、用心したほうが良い状況に違いはない。

「はーい」

俺は朗らかに聞こえるよう努力しつつ、そっと扉の方へと向かった。

後ろにヘレンがついてくる気配を確かに感じながら、俺は閂《かんぬき》を外し、そっと扉を開けた。そこにいたのは、

「リュイサさんじゃないですか」

「やぁ」

リュイサさんは相変わらずの軽いノリでやってきた。よく考えたらリュイサさんは突然出たり消えたりできるんだし、〝黒の森〟の管理者なんだから、直接この家の中に出てこられるんじゃない

のか。

テーブルに案内しながら、それとなく水を向けてみると、

「だってそれはお行儀が悪いんだろう？　ジゼルが言ってたぞ」

とのことだった。それは確かにそうなのだが。ジゼルさんにお説教されるリュイサさんかぁ。

「それに、生きている植物が近くにないとちょっと大変なんだよ」

「へぇ、そうなんですか？」

「私は樹木精霊《ドライアド》だしね」

「ああ、なるほど」

どうにも不思議お姉さん感が先に立ってしまうが、樹木精霊だから生きてる植物が近くにあったほうが良い、と言われれば納得である。俺のイメージの通りの言動をしてくれているだけかも知れないけど。

「今日はどういうご用件で？」

「別に大したことじゃない」

前の世界のおばちゃんの如《ごと》く、リュイサさんは手を振った。俺よりも遥《はる》かに、へたをすれば一〇〇〇年単位で年上なので、おばちゃんでも間違いはあんまりないのだが、そう言ったり思ったりするのは憚《はばか》られるので、うっかりしないように気をつけよう。

「温泉ができた、って聞いてね」

「ああ」

なんだかバタバタして報告をし忘れていた。掲示板は今日も「何もありません」の伝言が書かれているはずだ。いつもの納品でも、出かけるときは書くようにするか……。「急患」があるかも知れないのだし。

「別に黙って入っていってもらっても平気でしたのに」

「いやぁ、流石《さすが》に私が最初だったら気まずいだろう?」

あ、そういうところ気にするのか。なんかもっと傍若無人なのかと思っていた。

さすがに排水用の池で動物たちと浸《つ》かるようなことはすまいとも思ってはいたが、知らない間に勝手に湯殿に入るくらいのことはあるかと想定には入っていたのだが。

そして、俺たちはそこまで気にするような人たちでもないし。まあ多少の残念さを感じただろうことは仕方ないが。

「完成してから夕方頃には毎日入ってますから、入ってもらって大丈夫ですよ」

今日も帰ってきて、色々と済ませた後に一旦《いったん》入浴している。

なので、リュイサさんに入ってもらうのは問題ない。なんなら今からジゼルさんを呼び出して一緒に入ってもらってもいいくらいである。

しかし、俺の言葉にもリュイサさんはもじもじしながら、少し困った表情をした。

「入り方がわからなくて」

「なるほど」

これはアレだな、そのへんの泉に毛が生えたくらいのものなら黙って入って帰ろうとしていたが、思いの外立派な建造物があったので、何かやらかしてはいけないと思ってこっちに来たんだな。

失礼な想像かもしれないが、大筋では外れていないだろうという予感もある。そして、その配慮は素直に受け取るべきか。

「……皆でついていってやってくれないか」

俺が頼むと、全員あっさり頷《うなず》いてくれた。今日二回めの入浴にもかかわらず、あっさり頷いたのは気に入っているということだろうか。男の俺は、種族はともかく女性のリュイサさんを手伝うことはできない。

魔法のランタンに光を灯《とも》し、それをリディに預けて、湯殿に向かう皆を俺は見送る。ほわほわと、柔らかな光が遠のいていったのを確認して、俺は一旦家に入ろうとした。

バサリ、聞いたことのある翼の音がした。見やると、掲示板のところに見覚えのある小竜の姿があった。ハヤテではない。アラシのほうだ。足下には手紙らしきものがついている。

そう言えば、あの店を出るときにアラシの姿を目にしなかった。北方使節団が都に連れていき、直接ここへやったのだろうか。

カレンに聞いた話から言えば、アラシはここの場所を覚えている。航続距離が十分なら、ここへ来ることもできるだろう。

俺ののんびりしきっていた頭はどっかに飛んでいき、思わず生唾《なまつば》を飲み込む。そして、アラシの足下にある手紙を手にとったのだった。

「よしよし、ご苦労さん」

手紙を外した俺がアラシの頭を撫《な》でると、彼女は俺の手に頭を擦《こす》り付けた後「キュッ」と短く、そして小さく鳴いて飛んでいった。ハヤテに挨拶《あいさつ》をする暇もない。

アラシは街と都のどっちに戻るんだろうな。そんなことを思いながら、暗闇を斬り裂く矢のような彼女が飛び去るのを眺めた。

暗闇にアラシが消えてから、俺は手紙を開いた。文字そのものに見覚えはない。だが、使ったのであろう筆記具は推察できた。筆だ。

流暢《りゅうちょう》な筆使いのくずし字で書かれたそれは、前世で見た戦国武将の手紙によく似ている。内容の前に署名を確認すると、カレンの名前があったが、彼女の直筆なのかそれともカタブチ氏が祐筆《ゆうひつ》をつとめたのかまでは分からない。

カレンの名前の隣に、マリウスの名前も署名されていた。カミロの店を出て都に着いた後、そんなに時間をおかずに書かれていることになる。

そして、この内容は一応彼も確認したということだろう。嘘《うそ》を書かれていてもわかりにくいという問題はあるが。

その手紙の内容はというと、大きく予想を違えるものでもなかった。

思った通り、都についてすぐに話し合いをもったらしい。それも公式なものだ。そこで行われた北方の一国と王国の公的なやりとりとしては、

「腕のいい北方出身の鍛冶屋の引き渡しを」

「そんな人物は王国に定住していません。どこかに流れたのでは？」

「そうですか。残念です」

で決着したようである。少なくとも公式に残る文書ではそういうことになったようだ。

つまり、俺は公式の文書の上では王国には住んでいないことになっている。

これは以前、税について聞かねばと思ったときにマリウスやカミロから聞いた話だが、確かに〝黒の森〟は王国にあるが完全に管轄できているかというと、そうではない。

したがって、王国領内にあって領してはいない認識なのだそうだ。魔物討伐隊のときの俺の扱いはどうなってるんだろうなぁ。

実際、森の獣人たちからは税を取り立てておらず、人口の把握もしていないらしく、サーミャも「そんなのしたことない」と言っていた。

つまり、〝黒の森〟に住んでいる俺とその家族も扱いとしては同じになるのだそうだ。王国としてきっちり管轄していないからこそ、身を隠すのにも好都合なのだが。

まぁ有り体に言って、この辺は茶番である。実際に俺がいるところをカレンは見ているのだから。ともかく、北方としても王国としても俺は公式には存在しない状態のほうが都合が良いようである。これは表立って頼めないものも数多くあるからだろうな。

俺としてもそっちのほうが自由に動けるメリットが大きいし、後世に名前が残ってしまったりしなそうなのも助かる。

きっちり調べれば同じ地域から「デブ猫印の製品」が出続けていることは分かってしまうかも知れないが。

そして、今回の一件は「弟子入りの話は一旦ご破算。だが、カレンは王国に残る」ということになったそうである。

ん？　と思って読み進めてみると、北方は割とゴタゴタしていて、何かあった場合に備え、直系でないにせよカタギリ家の係累であるカレンを外に出しておきたかったのも事実で、修行の名目で都には残るのだそうだ。

ある程度の腕があったら、うちに弟子入りしてもさっさと免許皆伝さようならということになりかねず、それを避けるために実力を隠していた可能性はあるし、これが本心なのか、なにかのカバーなのかは分からない。

何《いず》れにせよ、最初からそう言ってくれていればもっと素直に事が運んだのにな、と思わずにはいられない。

それはともかく、問題はさらにその後の文章だ。

「大変申し訳ないのは重々承知の上で、お願い申し上げたい。エイゾウ殿には顧問として時折腕前を見ていただきたく。カタギリ家領内の米をいくらかお送りすることでその代《しろ》とさせてくだされば幸いです」

そこにはそう書いてあった。

米の申し出は素直に言えば、とても嬉《うれ》しい。全く手に入らないならともかく、手に入る可能性があると知ってからは米への恋しさが増していたところだ。

だが、今回のこともあって、米の入手ルートについては俺が多少身銭を切ってでもカミロに頼もうかとすら思っていた。それが手に入るなら大変ありがたい。

しかし、顧問ねぇ……。方法について打ち合わせをしたいので、都合のいい日時をカミロの方に伝えてくれとともあった。ハヤテはカミロの方しか知らないからな。

どう返事をするべきか悩みながら、俺は家の中へと戻るのだった。

手紙の話はリュイサさんには関係ないので、彼女が帰ってからにしようと思っていたが、彼女はめっぽうな長風呂《ぶろ》派だったらしい。

ゆっくりと湯に浸かった後、脱衣所で存分に休んで戻ってきた彼女らを待っていたら、結構な夜更けになってしまっていた。

仕方なく話を翌日に回すことにして、ご機嫌で帰っていくリュイサさんを見送ったあと皆寝床に入った。

今日は朝から晩まで盛りだくさんだったたな。そう思いながら寝床に入ると、速やかに睡魔が訪れ、俺の意識を刈り取っていった。

翌日、いつもの通りの作業――今日は量産のナイフだった――を終えた夕食後である。

「実はだな、昨日こういう手紙が届いた」

俺は皆に手紙を見せつつ、中身をかいつまんで話した。全員に話をしたのは反省もあるが、これからの生活ルーティーンに変化がある可能性も考えてだ。

「なるほどねぇ」

アンネが腕を組んだ。

「不審なところはあんまりないわね。そこまでエイゾウに拘《こだわ》るのはなぜ？　という疑問は若干残るけど」

「都で暮らしていくんでたまには寄ってね、じゃないのがな」

「積極的に出来を見てほしい、ってことはいずれの弟子入りも考えて欲しいってことでしょうし」

アンネの言葉に、頷きながらリケが口を挟んだ。

「親方の腕前なら、弟子入り希望が殺到してもおかしくないと思いますしね」

「うーん、それもなんだかなぁ……」

俺の腕前は概《おおむ》ねチートと魔力によるもので、完全なる俺の実力とは言い難いのが実情である。その状態でリケとあと一～二人程度ならともかく、何人もというのは色々憚られるな。

「で、まずはこの顧問という話なんだが」

「受けるかどうか？」

ディアナが言って、俺は頷いた。

「条件次第ではあるんだろうが、その条件もどうしたものかなと思ってな」

条件については、向こうの出方を見て誠意を測る方法もなくはない。一回見るたびに銀貨の数枚も払うというなら、かなり破格の条件と言えるだろう。だがしかし。

「あんまり、そういった試すような方法は採りたくないんだよな」

試すやつは試される。そういう前の世界でのやりとりは俺にとっては億劫《おっくう》で苦痛なものだった。最低限、ここでの暮らしが守れるなら、それ以上望むことはあんまりないのだ。

だが。

勿論《もちろん》、されたことというのはあるので、全くの手ぶらでもOKとはならないのも確かではあるの
「こちらとしても北方に繋《つな》がりができるのは無意味な話ではないし、ここで繋がりが切れて〝見えなく〟なるのは避けたいわね」

アンネが言った。あくびをしているのはサーミャとヘレンだ。リディはニコニコと笑っているが、あれは多分そんなに分かってないな。

「あ、もちろん、『こちら』っていうのはこの工房のことよ」

アンネが慌てて付け足す。俺は苦笑しながら言った。

「わかってるよ。そもそも今の状態じゃ、帝国と繋がりが持てないだろう?」

アンネはうちに預かりの身で、連絡もままならない状態ではあるのだ。やろうと思えば何かのタイミングで出来るだろうし、それを止めるつもりもないがそうしているような気配はない。俺は続けた。

「貴族と違って守らなきゃならんメンツもほとんど無いが、経緯を考えると報酬があってもまだ五分五分というわけにはいかないな。コメに多少の金銭をプラスしてもらえるなら受けてもいいって感じかな」

「そうねぇ」

「それでいいと思うわ」

アンネ、ディアナが続けて頷いた。

「皆もそれでいいか？」

「そういうのはアタシはエイゾウに任せる」

「アタイも同じく」

「私も親方におまかせします」

「私も同じです」

他の皆も同じか。俺はゆっくりと頷いて意思を確認する。

「わかった、みんなありがとう。で、あとは日時だが……」

「次の納品を一週間後に早めて、そこでいいでしょ」

あっさりとディアナが言い、他の皆もウンウンと頷いた。頼もしさすらある。俺は今度は笑いながら首を縦に振った。

「よし、それじゃあそこにしよう。早速手紙をしたためるかな……」

俺は席を立ち、筆記用具を取りに自室へと向かうのだった。

◇　◇　◇

翌朝、娘三人と水汲《みずく》みを終えた後、書いた手紙をハヤテに託す。ハヤテの脚には革製の小さな筒がくくられていて、ベルトで蓋《ふた》が閉められるようになっている。俺はその筒に書いた手紙を丸めて入れた。

「それじゃあよろしく頼むな」

「キュイッ」

一声鳴いて、ハヤテは青空へ溶け込むように飛んでいった。彼女の脚にある手紙には次の納品の日時と、顧問の話はその時にすることが書いてある。話を受けるかどうかは条件次第とも付け加えておいた。

これで俺たちが行くまでに話がどう転がるかだな。

その日の作業を開始してから、もうすぐ昼飯の時間になるかなといった頃、外が少し騒がしくなった。

何が起きたのかと鍛冶場《かじ》の扉を開けてみると、クルルとルーシーが今戻ってきたらしいハヤテに、遊んで遊んでと騒いでいる。微笑ましい光景ではあるのだが、ハヤテの仕事はまだ終わっていないのだ。

ハヤテはたまらず俺の右肩に飛んできた。すると、それを目で追ったクルルとルーシーの視界には俺が入るわけで、「お父さんもいる！」と思ったのか二人とも駆け寄ってくる。肩にハヤテを乗せたまま、俺は二人の頭を撫《な》でた。

そんな二人の相手を俺と一緒に出てきたディアナとヘレン（出てきたのは全員だけど）が引き継ぐ。

「クルルとルーシーはこっちでママたちと遊びましょうね」

「ママ⁉　アタイも⁉」

「え、今更？」

そうしている間に俺が右肩のハヤテに左腕を差し出すと、彼女はスッとそちらに移る。女性に体重のことをあれこれ言うのは失礼だろうが、見かけほどの重さはかかってこない。鳥みたいな骨の構造になってるのだろうか。弱い部分を魔力で補ってるとか……。

色々と興味は尽きないが、今はハヤテの脚にある筒の中身だ。

「ちょっと代わりに筒を取ってくれないか」

俺は左腕のハヤテをリケに差し出す。サーミャやリディ、あるいはアンネでも良かったのだが、手先の器用さはリケが一番だからな。無用にイライラさせる必要もあるまい。

リケは頷《うなず》くと、ハヤテの脚にある筒をそれごと外した。すると、ハヤテはクルルの頭に飛んでいく。彼女のお仕事はこれで一旦《いったん》終わりだからな。クルルとルーシーもお姉ちゃんと遊んでもらえるわけである。

空いた手にリケから差し出された筒を受け取って、中身を確認すると手紙が入っていた。返事にしてはやたら早いし、もしかするとハヤテは返しただけかと思っていたが、そうではなかった。

「時間的に大したことは書かれていないだろうが……」

なにせ朝イチに送って昼前には返ってきた手紙である。思った通り、カミロのあまり綺麗《きれい》ではない字で書かれたそれは、彼にしては珍しく多少の修飾はあったがつまるところ「了解。待っている」というシンプルな答えだけが記されていた。

「どう思う？」

俺は傍らから一緒に覗《のぞ》き込んでいたアンネに尋ねる。ここに何らかのカミロの意図が感じられるかを確認したかったのだ。彼女は少し首をひねったあと答える。

「これだけじゃなんともってのが正直なところね。すぐに返すあたり、かなり気を使ってるなとは思うけど」

「それはそうか」

俺は肩をすくめる。時間的に来てすぐに返したわけでもないだろうが、カミロのところに北方の人たちがいたとしても話し合いが紛糾したということもなさそうだ。

カミロの直筆で美辞麗句と言えないまでも言葉に気を使ったあとが伺えるあたり、今回の件については彼もなにか思うところがあるのだろう。多分。

「後は仕上げを御覧《ごろう》じろ、かな」

俺はそう言って空を見上げる。そこにはそんな下の様子など知ったことではないとばかりに太陽が今日も燦々《さんさん》と輝いていた。

ま、これ以上気を揉《も》んでも仕方ないか。俺は大きく伸びをして言った。

「早いけど昼飯にしようか。表で食べよう」

森の中に家族の「わあい」という喜びの声が広がる。理解しているのかまでは不明だが、クルルとルーシー、ハヤテもそれぞれに喜んでいるように見える。

ただの先送りかも知れないが、今のところはのんびりと〝いつも〟を過ごすことにしよう。俺はそう思いながら、鍛冶場の扉を開いた。

◇　◇　◇

この〝黒の森〟にいる間、世間からは文字通り「隔絶」されている。いや、今はハヤテとアラシという通信の方法を手に入れたので、完全にそうであるとは言い難いが。

しかし、それも無視してしまえば俺たちの動向は外に出ることは無いだろう。肉を中心に食事を考えれば自給自足にかなり近いところまで来ているし、それなりの期間〝黒の森〟から出ないでいることも可能だと思う。

実際には塩や燃料などの必需品や、鍛冶をするための鉄石が足りなくなってくるので、完全に森に引きこもって暮らすというのは現実的でないが。

だが、遠慮したのがカミロなのかカレンなのかはともかく、一週間弱の間、何の連絡も来なかった。おかげで俺たちはのんびりと〝いつも〟の一週間を過ごし、街へ向かう準備を整えていったのだ。

今回はごくごく普通にナイフと短剣のみで、高級モデルもあまり数は作っていない。

クルルが牽《ひ》く荷車に荷物を積み終え、サーミャが言った。

「うーん、なんだか久しぶりだな。これだけしか作らないのも」

「ああ、前は一週間毎《ごと》に街に行ってたからな」

俺は頷いて、以前のことを思い出す。当初は勝手がわかってないこともあって、大した数も作れなかった。今は量産するだけなら結構な速さで仕上げられるようになっている。

これは俺がチートに馴染《なじ》んで来たこともあるが、リケやサーミャ、そして他の皆の作業が上達してきたこともある。ディアナもそろそろ量産のやつくらいなら鎚《つち》を持てるんじゃなかろうか。ヘレンにしてもいつになるかはともかく、傭兵《ようへい》稼業に戻ったときに自分で手入れできるようになっていれば、役立つことも多いだろう。

リディも森の世界とはいえ鉄製品を作る場面はそれなりにあるはずだ。アンネだけはあまり役に立つ場面というのはなさそうだが、特定のものとはいえ技術に明るい人間が為政者側にいて損にはなるまい。

「あの頃は色々先行きのこともありましたからね」

「そうだな」

リケの言葉に俺は再び頷いた。スローライフを満喫できる体制へと少しでも早く移行しようとした結果、なんだかワーカホリック気味になってしまったんだった。

思い返せばなんだかんだと巻き込まれたりして、あんまりスローライフ感のない生活を送りがちな気がする。

荷台に載った荷物は今日はいつもと比べてかなり少ない。ただ〝いつもどおり〟を繰り返してきたつもりだったが、家族以外に増えたものもある、ってことだな。

そんなことを考えながら、俺は皆に出発を合図した。

「今日はいつもより少し気をつけたほうが良いかもな」

ヘレンがそう言い出したのは、〝黒の森〟を出る少し前だった。

「知ってる人間もいるわけだし、無いとは思いたいけどな。北の人間が何かするなら、この機会が最後になる。用心するに越したことはない」

表向きにはうちの工房は存在しないことになっている。そして、俺も〝黒の森〟なんてところに定住していることにはなっていない。

とは言えそれは表向きの話で、実際には俺はここに存在している。もしなにか起こせば裏では大問題になる……と思う。

伯爵がその一存で戦を起こすことはできないだろうし、侯爵が絡んだとしても大遠征になる挙兵の大義名分なんかそうはない。

表向きは別の名目で王国に滞在していることになっているアンネに何かあれば皇帝陛下御自ら陣頭指揮を執ってのあれやこれやがあるんだろうが、それも裏での話になるはずだ。

一方で万が一の場合を考えれば、北方が積極的に手を出すことも難しいのではないかと思う。一人の鍛冶屋が北方から出ただけで、調べても一子相伝の技術をもつ工房の出ということもない――そもそも何者かよくわからないのだから当たり前だが――オッさん一人を取り戻す、あるいは害するにしてはリスクが見合わない。

だが、それは全くありえないことを指すわけでもないのだ。感情として許しがたし、ということになればどういう行動に出るのかを推し量ることは難しいだろう。

「分かった。今日はいつも以上に気をつけていこう」

俺が言うと、家族は皆頷いた。ルーシーも話を理解したのか、なんだかしかつめらしい顔をして

「わん！」と一声上げ、荷車の上は笑い声に包まれたのだった。

普段、街道で警戒するときは主に野盗の出現に備えるものだ。街の衛兵隊が職務熱心なこともあってか、幸いにして出くわしたことはない。

俺たちは〝黒の森〟に住んでいるから、狼《おおかみ》たちが滅多に森の外に出ないことを知っている。リスクを覚悟で街道や草原に出なくても、森の中で獲物を捕らえることは十分に可能だからだ。

うちの家族以外にそれを知っているのは森に住む獣人たちくらいで、彼らも街の住人たちには積極的に教えたりとかはないらしく、普通の人は森からの襲撃も気にしていたりするらしい。

そして今の俺たちは、と言うと、

「気配を隠されるとアタイでも厄介だな」

「アタシの鼻が利くから、それでカバーするよ」

「アタイも見てるけど、任せた」

「おう」

北方使節団からの襲撃を警戒しているわけだ。彼らには手練《てだれ》も交じっている。気配を消せるものもいるだろう。

ヘレンはそれ以上の手練ではあるのだが、完全に気配を消されると見つけにくいのは確かだ。しかし、それでも匂いまでは消しきれるものではない。

消そうと思えばどこかに無理が生じる。それを見逃す（嗅《か》ぎ逃す？）ほどサーミャは甘くない。

そして見つければサーミャとリディの弓が、接近してもヘレンにディアナ、そしてアンネに不肖俺がいるので、見つけることさえできれば対応は可能なはずだ。

こうして、いつも以上の警戒で街道を進んでいった。

結果から言えば、警戒は全くの杞憂《きゆう》で済んだ。警戒をしていることは明らかな状態ではあったので、逆にそれを警戒した可能性もある。少なくともそこらの野盗が潜んでいたら、手を出そうと思わない状態だったのは確かだ。

街の入り口でぼーっと突っ立っているように見える衛兵さん――もちろんぼーっとしているようでも、全くそうではないのだが――を見たとき、一瞬緊張が解《ほど》ける。

だが、すぐに引き締め直した。カミロの店につくまでは完全には気を抜けない。いつものとおりに衛兵さんに挨拶《あいさつ》をしても、一瞬怪訝《けげん》な顔をされるくらいには警戒を解かなかった。

街に入っても警戒は解かない。と、言っても人出がそこそこあるし、それにルーシーがいつものように荷車の周囲からひょこひょこと顔を出している。

もし手を出そうと思っても、ルーシーに見つかるかも知れないと考えれば、二の足を踏むことだろう。本人は単に周りを見たいだけなのだが。

いや、今日はやけに鼻をヒクヒクさせている。もしかすると彼女も荷車の雰囲気を察して、警戒をしてくれているのかも知れない。家に帰ったら労《ねぎら》ってやるか。

その警戒の甲斐《かい》もあってか、街中でも襲撃されることはなく、カミロの店に到着した。

いつものように倉庫に荷車を入れ、裏手へ回る。すると、いつものように丁稚さんがすっ飛んできた。ヘレンが俺の前に回ろうとしたが、俺は後ろ手にそれを遮った。

疑って損はないのだろうが、この子まで疑ってしまうのもな。

実際、丁稚さんはいつもの笑顔で、

「いらっしゃいませ！　皆さんお待ちですよ！」

と出迎えてくれた。俺はポンポンとヘレンの肩を優しく叩《たた》く。叩かれたヘレンは肩をすくめて、先に店に入っていく。多分、チェックしておいてくれるのだろう。

「ありがとう、今日もこの子たちを頼むな」

「はい！　お任せください！」

くしゃり、と丁稚さんの頭を撫《な》でると、彼はくすぐったそうにした後、「おいで」とクルルとルーシーを呼んで、駆け出す。

その彼をいつものように、

「クルルル」

「わんわん」

まるで「待ってよー」とでも言うかのように、二人の娘が追いかけていき、ハヤテはのんびりとついていった。

それを微笑ましく見守った後、これから待ち受けているであろうものを考え、少しだけ気分を重くしながら、今ヘレンが開けてくれた扉をくぐった。

俺を先導してヘレンが進む。とりあえずは商談室だ。街道上ならなんとかごまかす方策もあるだろうが、この建物内で何かあれば、それはカミロの責任とメンツに関わってくる。

まぁ、国から見れば俺はしがない鍛冶屋《かじ》、カミロもそこそこ名が知れてはいるが商人〝でしかない〟ので、何も起きないかと言われると断言できないのだが。

ヘレンが警戒してくれているのは半分は職業病のようなものもあるだろう。無駄に終わっても「ああ良かった」で済む話だから、特に止めさせたりはしない。

ヘレンが商談室の扉を開けてくれた。中から殺気が飛んでくることも、刀なり槍《やり》なりが突き出されることもない。

そこまでして、ということではなさそうでほっと胸を撫で下ろす。これから胃が痛くなるかも知れないが、そっちは慣れっこっちゃ慣れっこだ。

商談室に入ると、見慣れたカミロと番頭さんの他に、二人いた。

一人はカレンだ。ニコニコとまではいかないが、少なくとも神妙な面持ちではない。

もう一人はこの街の領主であるエイムール伯爵――つまりはマリウスだ。

他の北方の人々はこの場にはいない。隣の部屋にいたりするのかも知れないが。

「やあ、エイゾウ」

気さくな様子でマリウスが手を挙げた。俺も片手を挙げてそれに応じる。

「おう、どうだ、新婚生活は」

「思ってたより楽しいよ」

「それは良かった。本当に」

俺は心底そう思って笑顔になる。あの奥さんと幸せに暮らしているのなら、友人としては何よりの話だ。

そこでカミロがパン、と手を打つ。

「さて、最初に商売の話だが……」

「いつもどおりだよ。今回は欲しいものも一旦《いったん》はなしだ。次のときでいい。売りたいものがあるなら別だけど」

「いや、今日はお前たちに売っておきたいものはないよ。ありがとう」

と言ってカミロが頷《うなず》き、番頭さんに目をやると、番頭さんも頷いて部屋を出ていく。

「さて、それじゃ早速こっちの話をさせてもらおうかな」

口を開いたのはマリウスだった。とりあえず俺は話を聞く姿勢になる。

「ああ、先に言っておこう。カレン嬢以外の北方の方々はおられないが、それはエイゾウを見くびっているわけではない」

マリウスの説明を、カレンさんが引き取る。

「北方の関わることであり、大変失礼にあたることは承知ですが、あまり顔を合わせたくないでしょうから、と申しておりました。もう既に北方へ向けて出立し、はや数日が経《た》っております」

変に顔を合わせて話がこじれてしまうほうを北方の人々は避けた、ということか。

その説明でどこまで納得できたかはともかく、何を言おうとしたのか、腰を浮かせかけていたディアナがそのまま腰を下ろす。

俺は肩をポンポンと叩いて無言で感謝を示した。大きなため息が隣から聞こえてきて、一旦はそれで落ち着いたようだ。

　小さく息を吐いて、マリウスが続ける。

「さて、概要はカミロ殿からの連絡で知っているだろうし、条件次第とのことも聞いているが、こちらのカレン嬢と北方の話だ」

　自然、視線がカレンさんに集まり、彼女は幾分身を縮こまらせた。

「ここであまり駆け引きもしたくないから、ぶっちゃけた話をするぞ」

　俺は頷く。悪い話でなければ受け入れて損はないのだ。感情的な話もあるにはあるが、何を差し置いてもやだね、というところまではない。

「僕と侯爵閣下としては、たとえ密偵に近しいものであったとしても、これまで王国とはあまり繋《つな》がりのなかった北方と、繋がりを強められるならこれは大きなメリットになると考えている」

「侯爵派の得点にもなる」

　ボソッとアンネがまぜっかえした。少し苦笑したが、マリウスは続ける。

「それにエイゾウたちには王国に留《とど》まっていて欲しい。であるならば、エイゾウ工房への条件はなるべく良いものにして、一挙両得を図るというのが結論なんだ」

「おいおい、随分とぶっちゃけたな」

　俺から反感を買うかもとは思っていないのだろう。これを舐《な》めてかかられている、ととるかは人によるだろうが。

「他の皆はともかく、俺は公式には住んでない人間だぞ」

「そうだな。まぁ、そこはなんとかできると思う。ほら、あの遠征のときの文官がいただろう？」

「ああ、フレデリカ嬢か」

フレデリカ嬢は俺も従軍した魔物討伐の遠征のとき、補給や報奨やらの管理を任されていた文官で、なんというか小動物っぽい人だった。

「彼女が非常に〝優秀〟でね。気がついたのはつい最近なんだが、彼女なら任せられるよ」

「俺が知ってる人なのはいいけど、変な巻き込み方をするなよ」

「わかってるさ。友人を守るために、働いちゃいけないところに不義理を働くわけにもいかないからな」

マリウスは肩をすくめ、俺は大きく頷いた。

「最初に、北方が公式にも秘密裏にも、王国、というか侯爵閣下や僕の頭越しに君たちに接触することは今後はない」

そこまで言って、マリウスはウィンクをする。イケメンのウィンクは様になっていてズルいな。俺ではああはいかない。

これを断言できる、ということは何らかの密約を北方と交わしているのだろう。その内容はあまり知りたいところではないが。

マリウスは小さく息を吸って、言った。

「それで、君たちに提示する条件なんだが……」

なぜだか場が静まり返った。誰かがゴクリと唾《つば》を飲み込んだ音が聞こえたような気がする。

「最初に提示していたコメを送る。もちろん、カミロのところを経由でね。金銭のほうだが、月に一度か二度、カミロのところへカレン嬢ができたものを送る。エイゾウはそれを確認して出来を判断する」

「ふむ」

ここは聞いていたところだ。特に疑問も不満もない。

「一回の確認ごとに銀貨をこれだけ支払おう」

「えらく多いな」

マリウスが出した指の数は、ちょっと良い品……高級品と特注品の間くらいのものを打ったときくらいだった。毎月この収入なら、俺はほとんど働く必要がない。

いや、こういうので稼いで「やったぜ働くのは辞めだ」とするつもりはあんまりないのだが。

「ああ、それとこれは侯爵の伝手《つて》を頼って入手した情報だが、北方で何が起きていたかについてだ。早い話が『優秀な鍛冶屋をおめおめと出奔させたこと』が鍛冶屋をとりまとめている家の責任になりそうだったらしくてね」

「……その家ってのが？」

俺が聞くとマリウスは頷いた。

「そう、カタギリ家。正確にはカンザブロウ殿の本家ではなく、カレン嬢の分家のほうらしいが。で、あってますよね？」

マリウスはそう言ってカレンさんに微笑みかけた。カレンさんは目を丸くしていたが、バツが悪そうに答えた。

「ええ、正しいです」

なるほど、ゴタゴタとはこれのことか。カンザブロウ氏は内々で大きく揉《も》めていることを大っぴらにしたくはなかったようだ。それは十分に理解できる。そして、カレンさんに累が及ばないとも限らないのもわかる。

言えなかったのは理解できるのだが、それでも言ってくれていれば別の未来があったかも知れないと思わざるを得ない。

マリウスはカレンさんの返事に頷いてから続けた。

「その代わりと言ってはなんだが、一つだけ聞いてほしいことがあるんだ」

「なんだ?」

俺はマリウスに先を促す。しかし、答えたのはカレンさんだった。

「いつか弟子入りを認めてほしいのです」

そう言って、カレンさんは深々と頭を下げた。

「虫のいい話だということは重々承知しています。当初、目的を隠していたことも申し訳ないと思っています」

頭を下げたまま、カレンさんは言った。

「すぐにとは言いません。言えるはずもないんですが……」

顔を上げるカレンさん。さっきまでのどこかぼうっとした感じはもうない。キリッと引き締まってはいるが、泣き出しそうな危なっかしさもある。

俺は家族をぐるっと見回した。俺と目が合うと、みんな小さく頷く。「判断は任せる」ということだ。

冷静に今後を考えると多少なりと動きがわかりやすい人間を一人作っておくことは有効なのだ。

一番怖いのは暗闇からの一撃である。

それを避けるなら、ここで彼女を王国に留《とど》めておくのは有効だろう。もうとっくに他の人間に伝えた可能性もあるが、彼女はうちへの道のりを伝聞ではなく知っている人間でもあるのだ。

それなら、この話自体は受け入れても良いんじゃないか、と思う。された仕打ちを放り出して、情に絆《ほだ》されている面がないとはとても言えない状態であることは自覚している。

しかし、弟子入りは何年後でもいい、と言っているのだし、俺が本当に彼女を信用できるようになれば、その時にうちに迎え入れればいい。

それまでに彼女が諦《あきら》めてしまえばそこまでの話だ。その時は家の周囲を多少要塞《ようさい》化するか、他に魔力の強い土地を探さなくてはいけないかもしれないが。

それにまぁ、俺に瑕疵《かし》がまったくないかと言われれば、そんなこともない。「どうせ理解はできないから」と「北方出身と名乗っていることの真実」を誰にも打ち明けてはおらず、秘密を抱えたままであるのだ。

沈黙が流れる。時間そのものが止まってしまったかのような気さえする。

俺はゆっくりと口を開いた。

「わかりました」

俺の口から出たのはその言葉。カレンさんの顔がパッと明るくなる。

「ですが」

だが、俺は付け加えることも忘れない。

「今回のことは水に流します。申し出についても前向きに検討していきます」

カレンさんが真剣な眼差しで俺を見る。

「ですが、今度私に……私たち家族に嘘偽りをすれば、私はどこかへ移住します」

カレンさんが息を呑《の》むのが分かった。マリウスが苦笑しているのは暗に彼への牽制《けんせい》も含まれていると思ったからだろう。当たらずとも遠からずというやつだが。

友人とは無条件に融通する間柄のことではない。そこに利害が発生することもあるし、それが常にプラマイゼロになるとは限らない。

それをどれくらい気にするかの度合いが、家族と友人と他人の違いだと、俺は思っている。

「承知しました」

再び深々と頭を下げるカレンさん。

「いえ、こちらこそよろしくお願いします」

俺も彼女のように頭を下げる。一応立場的には上ではあるのだろうが、下げて減る頭でもない。

「これでまとまったかな」

気をつけていないと分からないくらい、小さくため息をついてから、マリウスが言った。

「なんとかね」

顔を上げた俺はニヤッと笑った。マリウスと違って、さまにはならないが。

「色々とズレてしまったけど、これから、一から進めていこう。君も、俺も」

俺は、顔を上げたカレンさんに右手を差し出した。〝南方式〟だ。

「……はい！」

明るさを取り戻したカレンさんは、俺の手を取った。ここから、新しく関係をはじめていこう。その関係の先にあるのが何かは分からないが、俺と家族なら多分なんとかやっていけるだろう。

マリウスはカレンさんと先に戻っていった。部屋にはカミロと俺たち家族。他愛もない話をカミロとしていると、番頭さんが戻ってきたので、俺たちもおいとまずることにした。

来たときよりは心は晴れている。意気揚々、とまではいかないが足取り軽く部屋を出て行こうとしたところで、俺だけカミロに呼び止められる。

皆には先に行っておいてもらい、俺とカミロだけが商談室に残る。

カミロは一息おいてから言った。

「本人は言わないだろうから、一応俺から伝えておくが……」

一瞬の逡巡《しゅんじゅん》。

「譲歩として、この条件でなんとか纏《まと》めたのがマリウスらしいんだよ」

「と言うと？」

なんとなく想像はできるが、きちんと知っているならカミロから聞くべきだろう。

「お前の腕前は伯爵と侯爵が知っている。当然評価もされているわけで、〝主流派〟としてはお前を手放したくないわけだ」

「ふむ」

のんびり過ごすのには手放しには喜べない情報だが、ありがたい話ではある。

「だが、北方の方々があぁも派手に来てはな。〝公爵派〟の目に留まってしまうのも仕方がなかったわけだ」

「〝主流派〟ではないほうか」

カミロは頷《うなず》いた。彼は口ひげを指先でいじりながら続ける。

「〝黒の森〟に住んでるのは伏せて、エイムールの街に出入りしてるとか、名前であるとかは誤魔化して大部分隠しおおせたが、そうなればお前はちょっと腕の良い、ただの鍛冶《かじ》屋だ」

「実際そうだけどな」

俺の言葉に苦笑するカミロ。

「『ただの鍛冶屋を北方が迎えにきた？　拗《こじ》れる前に引き渡してしまえ』って話が出てもおかしくないわけだな」

「ああ、まぁそれはな」

今度は俺が苦笑する番だった。今のところチートだよりの腕前を除けば、ただの鍛冶屋だ。そんなものを、リスクを負って守らなければいけない道理はない。

無理に守ろうとすれば、「言っている以上に重要な人物である」ことを証明しているようなものだ。

「そこをお前が自分の街にいることと、カレン嬢が都に残ることとをあわせて条件を整えて、抑えこんだのがマリウスってわけだ」

「なるほど……」

お願いする内容にしては妙だなとは思っていたが、俺の友達は思った以上に身を削ってくれていたらしい。

俺は笑いながら言う。

「今度何かでそれと分からないように埋め合わせをしておくよ」

「そうしとけ」

同じように、カミロが笑った。

カミロに見送られ、「じゃあ、またな」と俺は商談室を後にする。

こうして俺は、形を変えた〝いつも〟に戻っていった。

エピローグ　都の北方人

王国の都には様々な種族が暮らしている。人間族はもちろん、獣人やドワーフ、マリート、巨人族にリザードマン。彼ら彼女らは元々王国に住んでいた者もいれば、帝国や北方などから移り住んできた者たちもいる。

移住者たちの素性も様々である。問題を起こして故郷にはいられなくなった者、故郷では鳴かず飛ばずであったので環境を変えて一旗あげようとやってきた者。

あるいは故国から密命を帯びてやってきた者。

リザードマンの彼女は元々は密命を受けていた。その密命……とある鍛冶屋に弟子入りするという任務は、当面のところ失敗したのだが。

通常であれば、任務失敗の時点ですぐにでも彼女は故国に戻されただろう。しかし、彼女は暫《しばら》くの間は王国に住まい、研鑽《けんさん》し、その努力が認められれば、その鍛冶屋に弟子入りしても良いと言われている。

つまり、まだ任務を続行できる見込みができたため、北方から来たリザードマンの鍛冶師——カレンは都に留《とど》まることになった。

北方出身のカレンは王国の風習にはあまり馴染《なじ》みがなかった。王国に来た当初厄介になっていた鍛冶屋は北方出身だったので、生活には神棚への拝礼など北方の風習も多数あり、あれは随分と心落ち着くものだったのだなと、カレンは後々ため息をつきつつ思い返すことになる。

いま厄介になっているのはエイムール伯爵が管理している鍛冶場（エイムール家は武名で鳴らした家で、私兵の武装を製作する許可を得ていた）で、勝手なことをしないよう王国の手の者が目を光らせてはいたが、それでも目標ができたことはカレンに張り合いのある生活をもたらした。

今日も鍛冶場の人々の仕事を手伝いつつ、合間を見ては自分のものを作っているところだ。

「カレンさん、精が出ますねぇ」

「ああ、ペトラさん」

ペトラはカレンが鍛冶場に来てしばらくしてから仲良くなった人間族の女性だ。同じ女性同士ということもあるが、同じく見習いの身で、ひょんなときに鍛冶の話で盛り上がって以来、お互いに声をかけあう仲になった。

カレンがなぜここへ来たのか、ペトラは詳しくは知らない。明らかに自分よりも作業は速く、正確にできる彼女が見習い身分でここへ来たのも不思議だったので、それとなく聞いてみたが、

「私程度では足下にも及ばないことを思い知らされたので」

と、はぐらかされたのだ。

いや、はぐらかされたというと語弊があるかもしれない。それを話したときのカレンの表情には少し迫力があった。あれはごまかすための言葉ではなく、心の底からそう思っているときの顔だった。

「今は何を作ってたんですか？」

ペトラはカレンに尋ねた。カレンは先程金床の上で叩《たた》いていたものを持ち上げる。

「ナイフを少し」

ペトラが見ると、そこにはやや小ぶりのナイフが生まれようとしているところだった。このクオリティを維持すれば、相当な業物になることは間違いないなとペトラは思った。

「これ、凄《すご》いですね」

素直に感嘆を口に出したペトラだが、カレンは一瞬だけ小さく鼻の頭にシワを寄せる。

「いやぁ、まだまだです。もっと凄いのを見たことがあって、ちょっとでもそれに近づければと。精進あるのみですよ」

「そんなに凄いものだったんですか？」

「ええ」

カレンはグッと大きく頷き、そこに何かが見えているかのように顔を上げた。

「あれは美しくて、何より良く切れました。普通なら切れないようなものもスッパリと」

そう言ってややうっとりとしているカレンに、わずかばかり引きながらもペトラは言った。

「ははあ、伯爵様お気に入りの鍛冶屋みたいですね」

ペトラはエイムール伯爵の婚礼の折に聞いていた。メギスチウムの加工に成功しただとか、それに妖精《ようせい》族の加護をつけたとかのにわかには信じがたい話を。

だが、伯爵がその鍛冶屋を重用していることも良く知っていた。そう、

「その人には、ここを使わせたこともあるくらいですよ」

部外者には秘密にしておくはずのここを、いつもの鍛冶師も人払いしてまで使わせたのだ。相当に異例で、つまりはそれほど鍛冶屋を重要視しているということだ。

「えっ、本当ですか⁉」

カレンの瞳《ひとみ》がペトラの両目を捉《と》える。ペトラはその目に爛々《らんらん》と輝く炎を見た気がした。

「え、ええ……」

ペトラは今度ばかりは引きつった表情になる。

「ここを師しょ……いえ、エイゾウさんが……」

まだ弟子であると認められていないカレンは師匠と言いかけたのを言い直してから周囲を見回す。

鍛冶屋――エイゾウがここで作ったものは何だったのだろうか。それがナイフでなかったとしても、ナイフに劣らぬ凄いものであっただろうという確信がカレンにはあった。

ここで鍛冶をやれということは、エイゾウができたのだから、カレンにも近しいことはできるはずだということなのだと、カレンは理解した。

実際にはエイゾウもここの魔力ではどうにもならなかったのだが、それはカレンの与《あずか》り知らぬところである。

「よし、頑張るぞ！」

「うんうん、頑張って」

かなりの気合いを込めて自らを鼓舞するカレンと、どこかのんびりした、諦《あきら》めたような口調で応

援するペトラ。

後に「世に最高の二人組の鍛冶師あり」とまで言われる大鍛冶師コンビになるのだが、今はまだ、その一歩目を踏み出したばかりであった。

出会いの物語⑨　北の刀鍛冶《かたなかじ》

北方の衣服に身を包んだ、二人のリザードマンの男性が一つの短剣を前にしていた。

かたや旗本のカンザブロウ・カタギリ、もう一人は御家人のケンザブロウ・カタブチ。

窓の近く、日の当たる台の上に置かれた短剣は、一見すると何の変哲もない短剣である。

カンザブロウが置かれた短剣を手に取り、日に透かすようにかざして言った。

「これがそうか？」

「ええ」

ケンザブロウが頷く。

南方短剣のお手本と言っていいスタイルのそれが唯一、他と違っているのは、制作者を示しているらしい刻印だ。

太った猫が座っている姿という、無骨な短剣の見た目にそぐわない可愛《かわい》らしいものが入っている。

問題はその刻印であった。南から北方へ、少し前から流れてきているものである証拠なのだ。

いや、この短剣が流れてきたこと自体は問題ではない。そのルートは完全に合法なもので、南方から北方へ短剣を輸出してはいけないという規制もない。

問題はその出自である。

カンザブロウが手を返すと、刃がキラリと日の光を反射する。カンザブロウは眉《まゆ》をひそめた。反射のまぶしさにではない。その反射に一切の歪《ゆが》みがないことを見てとったのだ。

普通はどれだけ平らに鍛えたとて、多少の歪みは残るものだ。それを砥石《といし》で磨いたりしてなくしていくのが通常である。

だが、その刀身には磨いた痕跡《こんせき》がほとんどない。カンザブロウはしかめっ面の視線を短剣から外さずに言った。

「普通に売れる中で一番良いやつ、だったか？」

「ええ、そう言ってましたな」

ケンザブロウはこの短剣を売った南方の商人の顔を思い出しながら頷《うなず》いた。本当に何の変哲もないものを売っただけだ、とその顔が主張していたように記憶している。

「色々と隠したいことがあるのか……」

「それとも、彼らにとっては本当に何でもないものなのか、ですな」

カンザブロウの言葉をケンザブロウが引き取ると、カンザブロウは大きく頷いた。

カンザブロウとケンザブロウ、二人が問題にしているのは、この短剣を打った鍛冶師が北方出身であるという情報を得たからである。

「しかし、これほどのものを作れる鍛冶であれば、どこかの國《くに》で噂になっていてもおかしくないはずだがな」

「ビゼン、ミマサカ、セキ、サカイ、キョウ……いずれの國も〝知らぬ〟との答えでした」

「家名からは追えないのか？」

「家名は不明だそうです」

「ふむ……」

カンザブロウの眉間《みけん》に一層深い皺《しわ》が刻まれる。自分の家は本家で、分家筋が鍛冶師になっている。

通常、北方では本家と分家では通例として家名が変わる。しかし、カタギリ家の場合は分家筋が北方の鍛冶師のとりまとめ――現代日本で言う業界団体の長のようなもの――であるため、同じ家名であることを許されている。その代わりに、分家で生産されたものは基本、本家に納めることになっていた。

それと同じようなことが、この短剣を打った鍛冶師にもあるのではと考えたのだが、それも違っている可能性が高そうだとカンザブロウは考えた。

とすると、もう一つ気になるのは……。

「こやつは刀を打てると思うか？」

「それはなんとも。ただ、この腕前であればやってのけるだろうとは思います」

「うむ」

ケンザブロウの想定は、カンザブロウも違和感なく受け入れられる。

「さて、となると」

「確認が必要ですな」

カンザブロウは頷いた。これほどの腕前の職人をみすみす出奔させたとなると、純粋に生産力がその分減るので痛手だし、鍛冶師のとりまとめとしてのメンツもある。

カンザブロウは、少し離れて様子を見ていた人物に振り返って言った。

「と、言うことだ」

「なるほど、それで私が」

その人物、カレン・カタギリはそう言って頷いた。カタギリ家分家筋で、父親ならともかく自分の出番とはどういうものかと思ったが、赴いて確認だけなら、むしろ自分の方が適任かも知れない、とカレンは思った。

「弟子入りをしてもらうことになるが、いいか?」

「ええ」

カレンは大きく頷いた。分家筋で納入先にも制限がある自分だが、これで腕が上がり、理想とする刀……あらゆるものを切り裂けるような刀を打てれば、きっと本家よりも上から引き合いがあるだろう。

本家が憎いわけではないが、それでも実家の、そして自分の名を上げられるチャンスを逃す手はカレンにはなかった。

カンザブロウとケンザブロウの説明を聞きながら、カレンの目はまだ見ぬ南方での生活を見ているのだった。

あとがき

どうも、流石《さすが》にこの巻から読む方は皆無かと思いますので、お久しぶりです。アラフィフ（四十五歳になりました）兼業ラノベ作家、たまるでございます。

とうとう九巻です。大台まで後一冊の巻でもありますね。

とは言え、先にあとがきを読まない派の皆様はご承知のとおり、ただの通過点的な内容ではございませんので、先にあとがきを読む派の皆様もご安心ください。


その今回の内容についてですが、Ｗｅｂ連載時点でちょっと悩んでいたところになります。

北方から人が来るというのは、どこかでやらないといけない話だなと思っていました。エイゾウが自分で北方出身と言っているのだから当たり前すぎる話なんですけどね。

そこで北方の人たちが素性を探りに来るのはまぁ当然として、どう振る舞わせるべきかというところがまず一つの悩みどころでした。

もう一つはもちろんカレンの扱いですね。Ｗｅｂ版では何をしたかったのかが微妙なところもあった彼女ですが、それよりも大きなところで迷いました。

書籍版ではカレンをそのまま弟子入りさせようかどうか、というところです。

彼女については、キャラの役割としてリケとモロ被《かぶ》りなのがあります。まあ、ディアナとアンネのように受け持ち範囲が違う、みたいにしても良かったかもしれませんが、そうなると一部分だけリケはやらない、みたいなことになるのでそれも変かなぁと。

それと、彼女の目的が目的だったので、流石のエイゾウも厳しかろうということでWebと同様に見送りました。

ですが、熱さと静かさを併せ持ったキャラですので、いずれ平和な形で再登場させてあげたいなと思っています。かなり先の話にはなりそうですが、そのうち巡り会う可能性はあると思っています。

以下は謝辞になります。

編集のIさんには毎度お手数おかけしております。今回も結構内容に手を入れたので、大変だったのではと思っております。ありがとうございます。

イラストのキンタさんにも、毎度バチッと来るイラストを戴《いただ》きました。今回北方の、特にカタギリさんなんかはあまり詳しくはお伝えしていなかったんですけど、最初からこうであったかのように思えてくるほどでした。ありがとうございます。

コミカライズを担当していただいている日森《ひもり》よしの先生も、毎度毎度ですが中々にややこしい話をスッと腑《ふ》に落ちる形にしてくださっていて、大変ありがたく思っています。重ねてありがとうございます。

コミックスは二〇二四年一月現在、四巻まで好評発売中ですので是非。

オーディオ版、外国語版ご担当の皆様もいつもご対応ありがとうございます。

母と妹、猫のチャマ、コンブ、しじみもいつもありがとう。

オンライン、オフラインの友人達もありがとう。続けられるのは皆のおかげもあります。


そしてもちろん、読者の皆様には最大の謝辞を。

そうそう、本作のシリーズ総累計が一二〇万部を突破いたしました。コミカライズの恩恵が大なるところではあるのですが、ともあれ大台突破ということで、読者の皆様に重ねて特大の感謝を申し上げたいと思います。


それではまた、大台の次巻でお会いしましょう！

お便りはこちらまで

〒102－8177
カドカワBOOKS編集部　気付
たままる（様）宛
キンタ（様）宛

カドカワBOOKS

鍛冶屋《かじや》ではじめる異世界《いせかい》スローライフ 9

2024年1月10日 初版発行

著者／たまらる

発行者／山下直久

発行／株式会社KADOKAWA

〒102-8177
東京都千代田区富士見2-13-3
電話／0570-002-301（ナビダイヤル）

編集／カドカワBOOKS編集部

印刷所／大日本印刷

製本所／大日本印刷

Printed in Japan
ISBN 978-4-04-075291-4 C0093

新文芸宣言

かつて「知」と「美」は特権階級の所有物でした。

15世紀、グーテンベルクが発明した活版印刷技術は、特権階級から「知」と「美」を解放し、ルネサンスや宗教改革を導きました。市民革命や産業革命も、大衆に「知」と「美」が広まらなければ起こりえませんでした。人間は、本を読むことにより、自由と平等を獲得していったのです。

21世紀、インターネット技術により、第二の「知」と「美」の解放が起こりました。一部の選ばれた才能を持つ者だけが文章や絵、映像を発表できる時代は終わり、誰もがネット上で自己表現を出来る時代がやってきました。

UGC（ユーザージェネレイテッドコンテンツ）の波は、今世界を席巻しています。UGCから生まれた小説は、一般大衆からの批評を取り込みながら内容を充実させて行きます。受け手と送り手の情報の交換によって、UGCは量的な評価を獲得し、爆発的にその数を増やしているのです。

こうしたUGCから生まれた小説群を、私たちは「新文芸」と名付けました。

新文芸は、インターネットによる新しい「知」と「美」の形です。

2015年10月10日
井上伸一郎